Engelhorns Romanbibliothek

Marie-Gabrielle Hohenlohe

SCHRÄGLAGEN

Roman

Engelhorn Verlag · Stuttgart

CIP-Titelaufnahme der Deutschen Bibliothek

Hohenlohe, Marie-Gabrielle:
Schräglagen: Roman/
Marie-Gabrielle Hohenlohe. –
Stuttgart: Engelhorn Verlag, 1991
(Engelhorns Romanbibliothek)
ISBN 3-87203-086-8

Typografische Gestaltung: Brigitte Müller
Gesamtherstellung: Friedrich Pustet, Regensburg
Printed in Germany

Max schob den Zweisitzer aus der Scheune. Er nahm einen Schraubenschlüssel aus dem Handschuhfach, schloß den Motor kurz, schwang sich in den Sitz und rollte durch das Gartentor.
Er saß sehr niedrig über der Straße. Die ersten Kilometer fuhr er vorsichtig und horchte auf die Motorgeräusche. Vor drei Tagen hatte er den Motor das erste Mal kurz laufen lassen, hatte frisches, dünnes Öl eingefüllt und das alte verharzte ausgewechselt. Nun mußte das bejahrte Kabriolett ausgelüftet und das Kondenswasser aus dem Motor getrieben werden. Der Motor lief gleichmäßig auf allen Zylindern, wenn auch einzelne Ventile klapperten. Das Kurbelwellenlager rumpelte ziemlich laut. Hoffentlich hielt es noch durch bis zum Herbst. Das große Holzlenkrad zitterte lange, wenn die Vorderräder einen Stoß bekamen. Max wußte nicht genau, wie alt der Vertex war; wahrscheinlich einige Jahre älter als er selbst. Max war siebenundzwanzig.
Vor St. Martin-sur-Cure bog er nach Avallon ab. Er hielt es nicht für klug, sich mit dem Vertex in den Dörfern zu zeigen. Frühlingsdüfte nach altem Moder und neuer, frischer Fäulnis wehten ihm in die Nase. Auf den Höhen war es mild, in den Tälern hielt sich noch der Winter. Tauwasser lag gefroren auf der Straße, die Flußufer an der Cure trugen Eismanschetten. Vom Frost weiß gedörrtes Winterlaub hing zwischen dem immergrünen Efeu-, Ginster- und Stechpalmengebüsch. Die

Straße führte jetzt bergauf. Sie war leer. Max gab Gas. Der Vertex röhrte auf und drückte ihn ins Polster. Der Wind biß in seine Wangen, die Nase lief, die Augen tränten, die Ohren brannten, sein Schal flatterte. Der Drehzahlmesser, der bis jetzt geklemmt hatte, machte sich plötzlich los und schnellte bis ins rote Feld. Max schaltete Spitze-Hacke-Zwischengas, das Getriebe hakte und gab nach. Der Wagen raste dahin. Gleich hebt er ab, dachte Max, gleich werden wir fliegen – da vorn, wo die Straße zu Ende ist. Doch die Straße war nicht zu Ende, sie senkte sich in sanften Schwüngen ins nächste Tal. Max setzte sich zurecht und nahm die erste Kurve Tür-voraus. Das Lenkrad bockte, die Reifen quietschten. Widerwillig nahm er Gas weg. Die Reifen waren uralt. Er mußte sparsam mit ihnen umgehen. Begleitet von einer Menge Fehlzündungen fuhr er bergab.

Max umging Avallon auf kleinen Nebenstraßen und wandte sich nach Norden. In kurzer Zeit hatte er fünf Flüsse überquert – Cure, Cousin, Serein, Armançon und Brenne. Parallel zum letzten Fluß verlief der Canal de Bourgogne. Burgund scheint eine sehr wasserreiche Gegend zu sein, überlegte Max. Bis jetzt hatte er noch nicht viel davon gesehen. Er folgte dem Kanal ein Stück weit. Hinter der vierfachen Reihe kahler Pappeln stand niedrig die Sonne. Das Gespinst der Äste hatte sich zu zahlreichen Misteln und Nestern verknüpft und verknotet; wie manche Dinge, Autounfälle zum Beispiel, einen Knoten ins Netz der Ereignisse schlagen. Doch bisher war alles sehr gut verlaufen. Das Flickerlicht in der Allee und vom Wasser her stimmte übermütig. Durch ein Loch im Boden konnte Max sehen,

wie die Straße unter ihm dahinraste. Er hatte noch nie ein Kabriolett besessen, und nun hatte er es sozusagen doppelt, oben und unten offen.
In dem hellen, noch durch kein Grün gefilterten Märzlicht stob eine Schar kleiner brauner Vögel in die Luft und wirbelte durcheinander wie ein paar allerletzte Herbstblätter. Ob die Vögel beim Fliegen auch so froren wie er beim Fahren? Unter den Flügeln hatten sie nicht viel Flaum. Seltsame Einsichten vermittelte ein Kabriolett. Der eisige Fahrtwind griff Max durch Schal und Kragen bis ins Hemd und befingerte die Rippen.
Max folgte dem Kanal bis zum Hafen von Montbard. Eingewinterte Kabinenboote lagen vertäut neben einem menschenleeren Parkplatz. Er ließ den Wagen ausrollen und würgte den Motor ab. Einen Autoschlüssel besaß er nicht. Er hoffte, daß niemand sich hier für den Vertex interessierte. Über das Loch vor dem Nebensitz schob er den Ersatzkanister. Steifgefroren und gemartert von der harten Federung stieg er aus und machte sich zu Fuß auf den Weg in die Stadt.
Die Konditorläden stellten kleine Kunstwerke aus, verschiedene Fischarten aus heller und dunkler Schokolade, Hechte, Forellen, Karpfen, auch Muscheln und Langusten, Schildkröten und sogar Enten, die als Wassertiere auch zur Fastenspeise zählten und deren Oster-Apotheose man mit roten Schleifen feierte. Hasen und Eier gab es selten. Max klimperte mit den zwanzig Franc in seiner Tasche. Wohin jetzt?
Auf einem Platz prangte ein barockes Denkmal – Georges Louis Leclerc de Buffon, las er im Vorübergehen. Diesem größten Sohn der Stadt hatte die Orangerie gehört, der botanische Park und die Burg oben auf dem

Berg. Auch die Mutter des Bernhard von Clairvaux hatte hier gewohnt, las Max, als er beim Turm ankam. Ja, Reisen bildet, dachte er und zog die Glocke am Besuchereingang. Er wartete lange. Er wußte nichts von Buffon, Buffon war ihm egal; andererseits hatte er heute nichts weiter vor.

Außer ihm befand sich nur noch ein junger Mann im Park, der in einiger Entfernung herumlungerte, als warte er, aber auf niemand bestimmten. Max wunderte sich, daß jemand, der vermutlich Franzose war, sich allein hier oben herumtrieb, bei schönem Wetter und im Mantel, wenn er weiter unten genügend Gesellschaft hätte haben können. Gerade, als Max wieder weggehen wollte, kam doch noch ein alter Beschließer die Treppe herauf, übersah außer Atem und resigniert die Lage – nur ein einzelner, recht abgerissen aussehender Besucher ganz allein – und schloß den Turm für Max auf.

Leicht enttäuscht sah Max sich um. In dem weißgekalkten Raum gab es nichts zu sehen außer ein paar Schriftstücken unter Glas, einem vergilbten Spitzenjabot und zwei Dutzend Lederbänden einer Histoire naturelle. Der berühmte Turminhaber war Gelehrter gewesen. Max trat ans Fenster und sah hinunter auf die Stadt und den Kanal und die viereckigen Felder, die pergamenthell auf frische Farbe warteten. Die dunkleren Äcker trugen schon dünne Linien in Grün, und Krähen saßen darauf herum und studierten den Inhalt zwischen den Zeilen.

Geduldig wartete der alte Mann darauf, daß Max sich satt gesehen hätte. Im Park sei noch Buffons Arbeitspavillon, sagte er, als ihm das Schweigen zu lange dauerte. Ob Max ihn sehen wolle? Max nickte; er wollte alles

sehen, da er schon einmal hier sei, erklärte er oder hoffte wenigstens, daß seine Worte dies bedeuteten, denn sein Französisch war sehr schlecht.
Das kleine Gebäude lehnte sich rückwärts an die Befestigungsmauer. Es enthielt nur einen großen Raum, sparsam möbliert mit Lehnstuhl, Bücherregal und einer Vitrine mit ausgestopften Singvögeln, die mit gespreizten Flügeln genauso auf den Ästen befestigt waren, wie Franzosen am liebsten sitzen, dicht an dicht so eng wie irgend möglich in Gruppen zusammen. Eins von Buffons Büchern lag aufgeschlagen da.
»Le cochon a des habitudes grossières, des goûts immondes, toutes ses sensations se réduisent à une luxure furieuse et à une gourmandise brutale.« Ein Kupferstich zeigte das Tier, das jeder kennt, ein Schwein. Max wußte nicht, was goûts immondes und habitudes grossières waren; etwas Weltläufiges vermutlich. Drei Terrassenfenster lenkten den Blick über den Park nach rückwärts in die Richtung, in der Fontenay hinter Hügeln und Wäldern verborgen lag. Die Studierstube hatte offenbar genau die richtige Größe und Helligkeit, um den Geist weit und hoch fliegen zu lassen. Der Museumsführer bestätigte es: Rousseau und Buffon hatten hier sogar gemeinsam gearbeitet, bis sie nach einigen Wochen Streit bekamen und sich trennten. Max war beeindruckt. An diesem Ort wurde Kulturgeschichte gemacht. Er trat in die offene Tür und sah in die Richtung, die auch Buffons Forscherblick regelmäßig genommen hatte.
Kieswege führten zu verschiedenen Parkausgängen. Die Bäume trugen Emailleschilder, und die Luft war erfüllt vom Lärm der Dohlen, die um die Nester stritten. Eine alte Frau kam gebückt und schimpfend den Weg entlang.

Sie schüttelte drohend ihren Krückstock. Der junge Mann von vorhin war auch wieder da und trat vor sie hin, als habe er auf sie gewartet. Es war tatsächlich ein Exhibitionist. Je näher die Alte kam, desto lauter schalt sie und desto fester hieb sie ihren Stock in den Kies. Natürlich hätte sie viel jünger sein müssen, damit der hellrosa Mantelschlag auch Spaß machte und nicht wirkungslos blieb wie das Radschlagen eines Pfaus, wenn die Henne einfach weiterpickt. Die Szene amüsierte Max. Der Museumswärter warf nur einen scharfen Blick hinüber. Sicher waren es lauter alte Bekannte. Max fand die sechs Franc, die der alte Mann für die Sehenswürdigkeiten des Parks verlangte, sehr billig. Er gab ihm zehn von den zwanzig, die er in der Tasche hatte, und ging vergnügt bergab. Beim Denkmal lachte er laut auf. Eine Frau müßte schreiend davonrasen, um den Exhibitionisten zu beglücken. Er hätte es zu gern, verkleidet, selbst getan, aber er durfte nicht auffallen. Sicher war man Ausländern gegenüber nicht so tolerant wie untereinander.

Doch er fiel bereits auf. Um den Vertex hatte sich eine kleine Gruppe von Bewunderern versammelt und blickte Max erwartungsvoll entgegen. Offenbar hielten sie ihn gleich für den Besitzer und wollten sich ausführlich mit ihm unterhalten: War das ein Vertex? Wie alt war er? Woher kam er? Wie fuhr er sich?

Max blickte finster vor sich hin. Er holte den Schraubenschlüssel aus dem Handschuhfach, öffnete die Haube, beugte sich über den Motor und schloß ihn funkenstiebend kurz. Wortlos kam er wieder zum Vorschein, ohne jemanden anzusehen, warf die Haube zu und schwang sich über die Tür in den Sitz. Alle staunten jetzt statt des

Autos ihn an, einen jungen Mann, der eine solche Rarität fuhr und nicht darüber reden wollte. Ein Franzose konnte er, trotz der Pariser Nummernschilder, nicht sein, soviel war allen klar. Vielleicht hielten sie ihn für einen Engländer, für exzentrisch. Max löste die Handbremse und fuhr los.

Im Rückspiegel sah er die verblüfften Gesichter kleiner werden und davor seine eigenen, dunklen, eng stehenden Augen unter den dichten Brauen, die über der Nase beinahe zusammenwuchsen. Die Hand, mit der er sich das Haar aus der Stirn strich, war fleckig von Motoröl, die Fingernägel schwarz gerändert. Sein Haar war zu lang. Er hatte es, seit er in Frankreich war, nicht mehr schneiden lassen. Unrasiert war er auch. Kühl blickte Max sich an. Was er sah, war eine Verkleidung, es war nicht er. Er sah sich mehr als wandelnde Fensterscheibe an, wie jeder vermutlich. Was er noch am ehesten an sich wiedererkannte, war die Verwahrlosung, der Schmutz. Er überlegte, wie er nach Hause fahren sollte. Der Tank war fast leer.

Nach einigen Kilometern hielt er neben dem Kanal noch einmal an. Er studierte die Karte. Westlich der früheren Strecke fand er eine kleine Straße, die verheißungsvoll aussah. Er sah nach dem Sonnenstand. Es war Mittag, eine zum Tanken günstige Zeit. Die Uhr im Auto war längst stehengeblieben und zeigte eine unbewegliche Minute an, neun Uhr siebzehn.

Auf der anderen Seite des Kanals stützte sich ein Bauarbeiter auf seine Schaufel und starrte Max an. Aus dem staubhellen, blendenden Märzhimmel über der nächsten Kuppe kam ein Motorrad, mit Licht wie ein verirrter Stern, und schnob vorbei. Holzrauch wehte ins Auto.

Neben einem Campingwagen wusch eine Frau im Morgenmantel eine Schüssel in einer Tonne. Max fuhr weiter. Ein Lastwagen ratterte voraus und wirbelte ihm Staub und Abgas ins Gesicht. Wieder begleitete ein Bach die Straße, er strudelte und schäumte an den Uferstellen, die im Sommer vermutlich stille Gumpen waren, Plätze zum Fischen. Die Straße führte weiter auf die Höhe, durch Wiesen und Wälder, und einige Kilometer weiter konnte Max sein Glück kaum fassen – im Tal dicht unter sich sah er ein kleines Sägewerk zwischen Obstbäumen und Bretterstapeln, und daneben stand eine verlassen aussehende Tankstelle.
Max trat auf die Bremse und peilte die Lage. Er hörte das regelmäßige Aufjaulen des Holzes in zwei einzelnen, scharf getrennten Schmerzlauten und das Gehechel der Säge. Insekten flogen. Kein Mensch war zu sehen, keine Stimme zu hören. Vermutlich warteten im Haus alle schon aufs Mittagessen.
Max stellte den auffallenden gelben Zweisitzer hinter einen Stapel alter Bretter, der sich gefährlich weit vornüber neigte. Er überzeugte sich, daß er im Abwärtsrollen die Straße leicht erreichen konnte, und stieg aus. Er leerte den Reservekanister in den Tank und ging, den leeren Behälter schwenkend, ins Tal.
Keuchend kam er kurze Zeit später wieder oben an, warf den schweren Kanister ins Auto, sprang in den Sitz und rollte los. Ferne Rufe waren noch zu hören, aber das Motorgeräusch überdeckte sie. Max war entzückt. Er triumphierte. Jetzt hatte der Sägewerker etwas zu erzählen!
Franzosen waren Leute, die anscheinend den ganzen Tag reden mußten, notfalls über nichts. Als Max' Nachbarn

ihren Garten umgruben, hatte er sie, sooft er vorbeikam, reden hören. Zwei Tage lang redeten sie über Wildschweine, sangliers. Im Morvan gab es sie vereinzelt. Morgens redeten sie über Wildschweinjagd, mittags über Wildschweine und abends wieder über die Jagd, die vielleicht noch gar nicht oder schon vor Jahren stattgefunden hatte. Die beiden waren auch noch Brüder, um die vierzig, wohnten im selben Haus, aßen am selben Tisch und hatten sich ununterbrochen etwas zu sagen. Es war erstaunlich, dieses tagelange halblaute Reden und Gemurmel, unterbrochen von kleinen Ausrufen und kurzen Pausen, über dem Klang der Spaten. Nun hatte er jemandem wenigstens zu einem wirklichen kleinen Erlebnis verholfen, zu einer echten Aufregung, als sei ein Wildschwein kurz aufgetaucht und wieder verschwunden. Nein, besser noch! Ein junger Mann, der sich ohne ein Wort den Kanister füllen ließ und zu Fuß damit verschwand – ein Dieb, der vielleicht stumm war! Das gab Gesprächsstoff für mindestens eine Woche.

Durch das Loch im Boden sah Max die Straße dahinrasen, über ihm dehnte der Himmel sein bewegungsloses Blau bis zu dem blassen Wolkenrand im Westen. Am liebsten wäre er immer so weiter gefahren, bis Spanien, bis Gibraltar, einsame Tankstellen gab es überall, und außerdem kannte er noch andere Methoden. Max kam zur Route Nationale und folgte ihr Richtung Semur. Er näherte sich den Gleisen des TGV, als der Zug auch schon lautlos, wie aus dem Nichts, auftauchte und vorbeiglitt. Einzelne blasse Gesichter sahen zu ihm herüber. Hinter dem Zug blieb noch ein Brausen und Vibrieren in der Luft stehen, und ein letztes leises Donnern wehte aus dem übernächsten Tal.

Plötzlich fuhr Max zusammen. Ein grobes Lautsprecherkommando dröhnte ihm in die Ohren. Die Polizei, dachte er. Jetzt ist's passiert. Schade, dachte er noch. Ein Rudel Radrennfahrer flitzte ihm entgegen, gefolgt von einem Deux Chevaux, dessen Dachtrichter unverständliche Befehle brüllte. Die Radfahrer fegten um die Kurve, der Deux Chevaux folgte mit quietschenden Reifen und blökender Stimme vom Dach. Max atmete auf.

Beim Anblick der gestutzten Kastanien im nächsten Dorf, die ihm ihre Astenden wie geballte Fäuste entgegenreckten, kehrte seine gute Laune verstärkt zurück. Wieder einmal hatte er Glück gehabt. War überhaupt schon März, oder doch noch Februar? Die Monate und die Jahreszeiten drifteten auf ihn zu wie die Landschaft beim Fahren und flossen vorbei, nach rückwärts außer Sicht. Verschiedene greifbare Dinge – das Haus, das Auto, der gefüllte Kanister – waren mit ihnen herangetrieben, aber wie bei etwas, das man aus dem Wasser zieht, war vom tragenden Element nichts daran haften geblieben. Die Sonne schwamm wie ein träger Goldfisch lange über Grund und versank schließlich im Trüben. Das fahle Wintergrau kehrte zurück. Es wurde schnell kalt im Aquarium, Autoflanken glänzten silbrig, Glas blitzte. Als Max seine heimatliche Abzweigung bei St. Martin-sur-Cure erreichte, war aus dem Nachmittag bereits Nacht geworden.

Max fuhr den Vertex in die Scheune, schloß die Tore, nahm die Pariser Nummernschilder ab und legte sie unter den Ziegelstoß zu den anderen. Er hoffte, daß es für die Regionalnachrichten im Fernsehen noch nicht zu spät war. Manches konnte er schon ganz gut verstehen.

In der Nacht zerriß das Quietschen blokkierter Reifen die Stille vor dem Haus, dann das laute Hackgeräusch in die Leitplanke. Max hörte das Klirren von Glas, den auf hohen Touren leerlaufenden Motor, dann Stille. Angespannt wartete er auf das Anlassen, Zurückstoßen, Weiterfahren. Aber es blieb still. Verletzte also, Schwerverletzte oder Tote. Er sollte hin, hinaus, aber wollte nicht, konnte nicht, gelähmt vor Schreck. Dann das scharfe Bremsen eines weiteren Autos. Nach einem Augenblick Türenknallen, laute Stimmen. Das regelmäßige Aufflammen der Blinkleuchten füllte den Raum mit orangefarbenem Licht. Ich muß aufwachen, dachte Max, es ist ein Alptraum. Er hörte rennende Schritte ganz nah, dann lautes Klopfen an der Haustür. Er wachte auf, schweißgebadet, mit heftigem Herzklopfen. Es war still und stockdunkel im Zimmer.

Max starrte auf die Umrisse der Deckenbalken über sich. Vor ihm stand sein Frühstück: eine Dose belgisches Bier und Kartoffelchips. Wie spät es in Frankreich erst hell wurde!
Max überlegte, was er heute tun wollte. Er könnte mit dem Abschmirgeln des Scheunentors beginnen oder den Wilden Wein am Haus aufbinden oder die Brombeeren roden und verbrennen, mit dem Schneiden der Hecke

anfangen oder einen Fensterladen neu streichen. Er konnte auch den abgestorbenen Pflaumenbaum fällen und zu Brennholz zersägen. Eine Menge Arbeit wartete auf ihn, Arbeit, die Spaß machte. Sie war wie ein Kapital, das er nur vorsichtig anbrach.

Die Steine des Fußbodens glänzten matt. Im Haus tickte die Stille. Neben Max ragte der kalte schwarze Kamin empor. Auf dem Dach reckte er sich wie ein Hörrohr in die Gegend. Was draußen vor sich ging – Autos, die näher kamen, Leute, die redeten – hörte man durch den Kamin zuerst. Er war so groß, daß man bequem darin stehen und den Himmel betrachten konnte. Welcher Tag mochte heute sein?

Jeden Sonntag parkte ein Fischer an der Straße und stieg mit seiner Ausrüstung hinunter zum Fluß. Später am Tag klang Hundegebell aus den Wäldern über der Cure, eine einsame Gestalt bezog Posten unter der Fichte am Talrand, und aus der Kaminöffnung krachte das Geräusch von Schrotschüssen – entweder hohl wie Schläge mit der Faust auf Blech oder wie fallende Bretter, je nachdem, wo die Jagd sich befand. Irgendwann am selben Nachmittag trödelte ein verirrter Spürhund die Straße entlang. Montags dagegen herrschte feiertägliche Stille ringsum. Am Dienstag gegen halb zwei tönte aus Villemondaine, dem Dorf gegenüber, das langgezogene Hupen des Bäckerwagens. Mittwochs um dieselbe Zeit hupte er bei Max. Wenn das Brummen eines Propellerflugzeugs aus dem Kamin zu hören war, war es Viertel nach sechs. Kurz darauf wagte sich eine Maus aus dem Sofa und flitzte in die Küche. Dies waren Zeichen, daß der Abend begann, daß Max Feuer im Kamin machen, Wein trinken und den Fernseher anstellen konnte.

Manchmal blieb die Straße tagelang leer. Dann wieder kamen und gingen nach unbekannten Gesetzmäßigkeiten Viehherden vorbei; unter großem Stimmaufwand der Treiber trotteten Rinder vor, Schafe zurück; Kälber und Ziegen wechselten sich ab. Gelegentlich kamen Gruppen von Wanderern oder Reitern. Einmal erschien mit der Plötzlichkeit von Sternschnuppen eine Schar Jogger, trabte stumm vorbei und verschwand.

Das Tal wurde immer grüner. Wie über Nacht emporgekeimt zeigten sich champignonfarbene Herden auf den Weideflächen am Hang gegenüber. Sie verharrten still auf ihrem Platz, wie eine Pilzkolonie. Sie bewegten sich zwar, aber so langsam, daß man es nicht sehen konnte, wie Sternbilder oder Uhrzeiger. Mittags, als Max zu Fuß nach St. Martin unterwegs war, segelte die Sonne so hoch und frei am Himmel, daß man kaum glauben konnte, sie würde rechtzeitig am Abend auf ihren Platz hinter dem Nußbaum zurückfinden. Doch zuverlässig wie ein Haustier fand sie sich an ihrem Schlafplatz ein, hüllte sich in Rot, deckte sich mit Wolken zu und ging unter, wobei sie täglich etwas nach rechts rückte, wie jemand, der einer Kuhle im Bett ausweicht.

Eines Abends deuteten die Fernsehansagerinnen in allen Programmen verschwörerisch lächelnd auf Zifferblätter, deren großer Zeiger sich schnell herumdrehte. Sommerzeit war angesagt. Am nächsten Morgen hüllte ein Schneeschauer das Haus ein. Mit der Sonne kehrten auch die zarten silberhaltigen Winterfarben zurück. Die Fenster waren beschlagen, die Dächer von Villemondaine glänzten wie Aluminium, die Dorfstraße wie helles Blei. Leicht verwirrt horchte Max auf die Sommergeräusche inmitten der Winterhelligkeit: Stubenfliegen kreisten und surrten im Zimmer und prallten mit dem Geräusch von Regentropfen ans Fenster. Er hörte stetiges Tropfen vom Dach, Gluckern in der Dachrinne bei heller Sonne und, als er vors Haus trat, in der kalten Luft den vielstimmig schallenden Chor der Vogelstimmen aus den Hängen der Cure. Dazwischen rief in der Nähe ein Kauz. Auf der fernen Grenzlinie zwischen Himmel und Erde hob sich Vézelay ins Licht. Bis zum Nachmittag und die ganze Woche hindurch wechselte die Farbe der Türme zwischen porzellanhell (wie gut geputzte Zähne) und schwärzlich-braun (wie kariöse Zahnstummel).

Als Max vor der geöffneten Klappe des Einkaufswagens seine Sachen in Empfang nahm, schien ihm die Sonne warm auf den Rücken. Der Wagen brachte auch eine Zeitung mit, den Yonne Républicain. Mit dem Inhalt der Schlagzeilen – Madame Thatcher in Bruxelles, Chancelier Kohl in Paris – war Max durchs Fernsehen vertraut, aber nicht mit dem Datum. Wie konnte es sich hinter seinem Rücken so weit voranschleichen und in einem ganz neuen Monat festhaken? Gerade war doch März gewesen, und nun sollte schon April sein?

Jeden siebten Tag klangen die Hetzlaute aus dem Wald gegenüber, der Jäger bezog seinen Posten, in Vézelay trat der Mönch auf die Kanzel wie der Kuckuck aus der Uhr. Jede Nacht schwätzte, pfiff und flötete die Nachtigall unter Max' Fenster, und tief unten zwischen den Felsen des Curetals rauschte die alte Wasseruhr, die ständige Gegenwart anzeigte. Wieder war ein ganzer Monat vorbei, und Sonne und Mond waren nicht älter geworden.

Mit dem Finger im Lexikon, radebrechend bestellte Max telefonisch Farbtöpfe und Rollpinsel, Schmirgelpapier,

Holzschutzmittel, Mäusegift, Fensterkitt und einen halben Sack Zement in Avallon, die der Einkaufswagen mitbringen sollte, zusammen mit dem Käse und dem Wein, Bier, Brot, Butter, Fleisch, Tee, Gemüse in Konservendosen und was er sonst noch haben wollte. Die Rechnung ließ er an den Hausbesitzer in Deutschland, Herrn Deuss, schicken. Er hatte Max das Haus umsonst überlassen. Als Gegenleistung erwartete er wohl, es in verbessertem Zustand vorzufinden, wenn er im Herbst selbst anreiste. Sie hatten keinen Vertrag geschlossen, es war mehr eine Abmachung unter Freunden, ein großzügiges Hilfsangebot von Herrn Deuss.

Max fand es schwierig, ohne Uhr zu arbeiten. Seit ihm seine Armbanduhr beim Aufstemmen des Brunnendeckels ins Wasser gefallen war, wußte er nie, ob er schon genug getan hatte. Angeblich gab es eine innere biologische Uhr, aber er hatte offensichtlich keine. Die Uhr hatte die Zeit und seinen Fleiß, aber auch das Wetter angezeigt. War es dunkel und spät oder hell und früh? Nie wußte er, ob er müde war oder ausgeschlafen, ob schon hungrig oder noch satt. Irgendwie war er immer beides, bis zum Abend. Viele Fragen blieben jetzt offen. Hatte er wirklich schon seine zwei Stunden Französisch-Unterricht vor dem Fernseher abgesessen? Wie konnte er dauernd gähnen? Fehlte ihm die Energie, war es schon spät oder der Film schlecht? Andererseits war es auch nicht wichtig. Max wollte keine neue Uhr. Er brauchte sich nach niemandem zu richten. Seit dem Tage, da er tief unten im Brunnen eine kleine Scheibe Himmel, umrahmt von Fliederzweigen, hatte zerspringen sehen, war er – platsch! – von vielen Gewissensfragen befreit. In vollen Zügen genoß er die Freuden des Paradieses, wie sie vor dem Auftritt des zweiten Menschen gewesen waren. Alleine wird der Mensch geboren, alleine findet er sein Glück.

Die Bauern, die gelegentlich vorbeifuhren, und er kannten sich inzwischen und nickten sich zu. Einmal stand der Postbote mit einer belanglosen Reklamesendung an der Haustür. Er kam ins Zimmer, trank ein Glas Rotwein und unterhielt sich mit Max. Seinen schwimmenden Alkoholiker-Augen entging nichts, und zwei Wochen später lag ein Anmeldeformular mit Strafandrohung für das kleine Kofferradio, das verstaubt unter der Treppe stand, in Max' Briefkasten. Max schickte den Brief weiter an Herrn Deuss.

21

Die Balken in der Decke waren handbehauen. Max saß auf dem Sofa und zählte die Risse. Im rechten Fenster war noch Nachmittag, im linken schon Abend. Max beobachtete, wie der Abend mit seinen Wolken nach Art eines verlaufenden Tintenflecks über die Tür hinüberwanderte. Das Telefon gluckste einige Male unentschlossen. Plötzlich schrillte es los.

»'allo?« sagte Max, die leere weiße Wand vor Augen.

»Hallo!« antwortete eine weibliche, unverkennbar deutsche Stimme. Herrn Deuss' Sekretärin, dachte Max.

»Sind Sie das, Max?«

»Bin ich.«

»Herr Deuss läßt Ihnen ausrichten, daß noch Freunde von ihm kommen. Er möchte, daß Sie sich um sie kümmern.«

»Ach.«

»Sie haben doch nicht gedacht, daß Sie das Haus ganz für sich alleine haben können?«

»Nein, nein. Doch, eigentlich schon. Was versteht er unter ›kümmern‹?«

»Freundlich aufnehmen, herumführen, die Gegend zeigen.«

»Wie soll ich das, ohne Führerschein?«

»Die haben ein Auto dabei. Übrigens, Max, Sie denken doch nicht daran, den Vertex aus der Scheune zu nehmen?«

»Ich –?! Den Vertex von Herrn Deuss?«

»Sie wissen ja, er ist weder zugelassen noch versichert.«

»Weiß ich. Wieviel Leute sollen denn kommen?«

»Vier, ein Wissenschaftler, eine Komponistin und ein Maler mit seiner Frau.«

»Oha. Die richtige Elitetruppe zum Abbau des Kulturgefälles.«

»Ganz recht. Max, –«

»Lauter Künstler und intellektuelle Esoteriker, wie?«

»Ja. Übrigens –«

»Ich frage mich nur, was diese Typen hier wollen. Hier! Im Morvan fängt der Balkan an, sagt man in Paris.«

»In Paris waren sie schon. Herr Deuss möchte –«

»Ich muß erst mal sehen, ob sie für die Nachbarnation auch passen.«

»Nachtbar-Nation? Ich weiß nicht, ob man das so sagen kann. Übrigens sind sie schon unterwegs.«

Max wachte auf. Er war nicht allein im Zimmer, ein Mann stand da. Max sah im Spiegel bleischwarz den Fremden. Ein Auto war verunglückt, der Mann suchte Hilfe. Regungslos, stumm, sehr groß stand er da, auf der Suche nach jemand, der half, oder drohend, weil er niemand fand und sich im Haus nicht auskannte. Gelähmt vor Schrecken wachte Max auf, schweißnaß, und starrte in die Finsternis. Er wagte kaum zu atmen aus Angst, jemand könnte im Zimmer sein.

»Idiot!«
»Trottel.«
»Armleuchter!«
»Immer in der Mitte und schön links.«
»So ein Rindvieh. Hansestadt Bremen! Das sieht man aber auch.«
»Mit Anhängerkupplung. Wenigstens das Schwein hat er zu Hause gelassen.«
»LL – wer ist denn das?«
»Ganz Deutschland ist heute wieder mal hier.«
»Wenn ich Mitterand wäre, dürften nur solche einreisen, die auch fahren können.«
»Halt, paß auf! Rechts hat hier Vorfahrt, Mann!«
»War das ein Franzose? Der fährt ja wie ein Deutscher.«
»Hup ihn an!«
»Eine Fahrerei ist das heute wieder! Fürchterlich. Ist heute Freitag oder was?«
»Zieht es?«
»Will jemand Tee?«
»Welche Richtung fahren wir eigentlich?«
»Huch! Jetzt bin ich auf der Schokolade gesessen.«
»Nord-Nordost.«
»Quatsch, Südost.«
»Die schwarze Nadel zeigt, wohin man fährt.«
»Woher man kommt.«
»Die blaue.«
»Die schwarze!«

»Mach mal das Fenster ein bißchen auf.«
»Mehr zu! Es zieht.«
»Wir fliegen bald weg hier hinten.«
»Nachher heißt es wieder, ich sehe aus wie eine Hexe.«
»Ach was, wir wissen ja, wie du aussiehst.«
»Mach du deins auf, dann mach ich meins zu.«
»Nein, mach du deins auf, dann mach ich meins zu.«
»Wie redet ihr denn?!«
»Wo sind wir eigentlich?«
»Du liebe Zeit, das zieht sich aber hier! Noch fünfundvierzig Kilometer bis Châtillon.«

»Paß auf! Der hat Vorfahrt.«
»Dämlicher Franzose. Solche gibt es also auch.«
»Du mußt es gnoseogen sehen.«
»Und galloman.«
»Jetzt kannst du. Gib Gas!«
»Halt, da kommt noch einer.«
»Was haben wir in Châtillon eigentlich gegessen? Huhn oder Kaninchen?«
»Auf der Karte stand Huhn.«
»Es war aber Kaninchen.«
»Egal was, es liegt mir im Magen wie Blei.«
»Mir auch. Gleich kommt mir's hoch.«
»Ach was, die paar Kurven. Gib Gas!«
»Lauter Verrückte unterwegs heute. Die glauben, wir winken ihnen zu.«
»Tun wir ja auch.«
»Musik? Der Boulez ist geladen, durchrepetiert und fertig zum Abschießen.«

»Beatrice?«
»Laß sie, sie hört ihre eigene Musik.«
»Ich bin ja mal gespannt, wie Max ist.«
»Ich bin ja mal gespannt, wie das Haus ist.«
»Wie soll er schon sein? Irgendwie ist er bestimmt.«
»Ich bin ja mal gespannt, wie lange wir überhaupt bleiben.«
»Zeig mal deine Sonnenbrille.«
»Gib mal die Landkarte.«
»Haltet mal an, ich muß raus.«
»Komisch, ein Tier für den Kochtopf als Wappentier.«
»Warum dann kein Perlhuhn? Es schmeckt viel besser, ist elegant, grazil und schnattert so schnell – schrängdereng dängdäng.«
»Du kennst die französischen Mistkratzer nicht. Die sind schön groß und stabil.«
»Für Huhn hatte es zu starke Knochen.«
»In dunkler Soße? Es war Kaninchen.«
»Montbard. Da war gerade die Abzweigung nach Fontenay.«
»So? Wo? Ach, fahr zu.«
»Eijeijeijei. Unsere Kunst- und Kulturfahrt fängt ja schon gut an.«
»Du mußt das distraktiv empfindungs-analytisch transparent sehen.«
»Wie bei Cézanne. Organoleptisch. Gib Gas!«
»Da kommt noch einer, der glaubt, er kann mich.«
»Eine Honda.«
»Mach mal das Fenster auf. Was heißt ›Schwuchtel‹ auf französisch?«
»Woher soll ich das wissen? Ich bin ja keine.«
»So?«

»Eine Kawasaki ist es. Fahr zu!«
»Rutsch doch nicht immer auf mich, verdammt! Kannst du nicht in deiner Ecke bleiben?!«
»Haltet an! Ich muß mal raus.«
»Festhalten, alle! Gas in der Kurve.«
»Toll, deine Brille. Alles in Gold. Eine richtige Paradiesbrille ist das.«
»Zeig mal. Toll!«
»Gib mal deine. Blaß. Blaß ist die. Sogar grünlich. Oder bist du das?«
»Haltet an! Sonst geht alles über deine Hose.«
»Nicht über meine! Kotz bitte nach vorn.«
»Jetzt kommt der aber. Häng ihn ab, in den Kurven da vorn.«
»Huch, die war schärfer als gedacht.«
»Hilfe!«
»Huch!«
»Anhalten!«
»Halt an!«
»Mann, o Mann.«
»In meinem Auto!«
»Auf meine Hose.«
»Ich hab ja gesagt, anhalten!«
»Gib mal ein Taschentuch!«
»*Mein* Taschentuch kriegst du bestimmt nicht.«
»Hühnerfrikassee. Ist das alles, was du mit deinem deduktiven Geist nach sechs Stunden Frankreichfahrt hervorbringst?«
»In dunkler Soße? Niemals.«
»Die Kunst ist überall am Ziel. Plotin.«
»Platon.«
»Plautus. Vorhin war die Soße heller.«

Schweiß rann Max über die Stirn, in die Augen und aus den Achseln ins Hemd. Er zog den Pullover aus und warf ihn hinunter auf den Kies. Er stand auf der Leiter und bearbeitete das Scheunentor mit Sandpapier. Unter der abbröselnden Farbschicht, einer neueren weißen und einer älteren grünen, splitterte das wurmstichige Holz. Aus dem Wald bei Villemondaine klang das melancholische Heulen zweier Motorsägen. Im Dorf wurde Holz gehackt. Grauer Staub bedeckte Max' Arme, drang durchs Hemd und juckte. Max hustete und rieb mit dem Ärmel über das Gesicht. Es gab ein kratzendes Geräusch. Wie lange hatte er dieses Hemd jetzt schon getragen? Eine oder zwei Wochen? Wenn er mit dieser Arbeit fertig wäre, vermutlich morgen, wenn das Wetter hielt, dann würde er zur Feier des Tages einmal eine richtige Sauberkeits- und Schönheitskur mit Wäsche, Bad, Rasieren und Haarschneiden –

Ein Auto rollte langsam die Straße entlang. Hoffentlich hatte der Fahrer sich verirrt. Hier war eine Sackstraße. Max arbeitete weiter. Aus dem Augenwinkel sah er, was da kam: ein schwarzer Cincinnati Relax mit vier Personen. Das Auto hielt vor seinem Gartentor.

Vier Gesichter wandten sich zu Max. Die Leute blieben sitzen, als wüßten sie nicht recht, ob sie aussteigen oder weiterfahren sollten. Der breite Kühlergrill war schwer behängt mit Chrom. Ein Lichtblitz traf Max seitlich ins Auge. Amerikanischer Barock war wieder gefragt in Europa.

Der Motor wurde abgestellt. Vier Türen platzten auf und ließen den Inhalt mit einem Schwall Musik herausquellen.
»Warm ist es hier schon!«
»Könnte wärmer sein, finde ich.«
»Hier, nimm mal. Gib mal her. Nein, nicht das. Ob das hier richtig ist?«
»Nein, laß mich. Wo ist mein Schuh?«
»In der Bananentüte vielleicht?«
»Idiot. Ob das Max ist? Hallo, Max! Laß stehen. Nur die braune Tasche da.«
»Ist das Haus nicht ein bißchen klein für uns alle?«
»Wie geht das Tor hier auf?«
Die Kulturtruppe war da. Es schienen eine Menge Leute zu sein. Mißmutig arbeitete Max weiter und schmirgelte eine Raupe, die zu flüchten versuchte, ins Holz. Er hörte den Torriegel quietschen und Schritte auf dem Kies. Der kleine Dicke, der am Steuer gesessen hatte, kam zur Leiter. Helle Stoppeln bedeckten seine Wangen wie Sand. Er trug eine Sonnenbrille mit Spiegelglas und eine Lederjacke. Vor dem Cincinnati Relax sah er aus wie jemand von der Mafia Connection auf Urlaub. Er nahm die Brille ab und wirkte sofort ganz bieder, mit groben, gutmütigen Zügen, rundem Kopf und Halbglatze. Er blickte forschend zu Max auf.
»Hallo. Ich bin Lukas. Das ist Dina, meine Frau. Das da sind Beatrice und Philo.«
Ein Mädchen war dabei, blaß und dünn, hübsch auf eine farblose Art, mit langem dünnen hellen Haar. Sie trug zyklamrote Hosen, einen weiten Pullover und Sandalen. Sie sah Max geistesabwesend an, vielleicht wegen des Walkman, den sie auf den Ohren hatte. Schon fühlte

Max, wie sein Gesicht sich freundlich verzog. Er stieg von der Leiter.

Dina, einen ganzen Kopf größer und ein gutes Stück älter als Lukas, war eine untersetzte Dame in einem derben Tweedkostüm mit Holzkette und festen Halbschuhen. Sie stellte den Koffer, den sie in der Hand hatte, hin und ergriff einen anderen. Sie stellte auch den weg und tauchte ins Auto zurück, um nach ihrer Tasche zu fahnden, und kam wieder zum Vorschein, um Max die Hand zu geben. Doch auch das war nicht, was sie eigentlich tun wollte. Plötzlich schlug sie wild um sich. »Gibt's hier Wespen? Gegen Wespen bin ich allergisch.«

»Nein, nein, Wespen weniger, mehr Hornissen«, sagte Max.

Philo war der Älteste und der Größte in der Gruppe, hielt sich aber so schlecht, als habe er kaum die Kraft, es auch zu bleiben. Er war hager, um nicht zu sagen dürr, und wirkte gleichzeitig fanatisch und arglos – oder war es weltfremd? Sein Hals war für einen Mann recht lang. Seine Augen spähten winzig klein und gestochen scharf aus ihren Panzerglasverstecken.

Max hatte gegen niemand von diesen Leuten etwas, aber vier waren zuviel. Das Haus, das ihm bisher gepaßt hatte wie eine bequeme alte Jacke, schrumpfte vor seinen Augen zusammen.

Das junge Mädchen reichte ihm eine schlaffe Hand. Bei der Begrüßung hielt Max Abstand, aber er merkte doch, daß man vor ihm zurückprallte. Hoffentlich blieben sie nicht lange. Er wartete, bis der Relax auf dem Plattenweg im Hof stand und schloß das Gartentor. Er ließ sich Zeit dabei. Als alle im Haus waren, ging er zum Auto und besah es sich. Im Vergleich zu dem spartanischen

Vertex war es luxuriös, ein sofabreites Playmobil mit dunklen Scheiben, chrombekränzter Sonnenblende, Lederlenkrad (etwas verschlissen), Wurzelholz-Armaturenbrett (leicht verkratzt), mit Bullaugen auf jeder Seite und wuchtigen Flossen hinten. Es wäre das richtige Auto für einen Spielhöllenbesitzer, dachte Max, wenn nicht Rostflecke hie und da und kleinere Dellen die Pracht beeinträchtigt hätten. Er ging ins Haus.

Beatrice stand etwas verloren mitten im Zimmer. Vielleicht war sie mit ihrer Kassettenmusik an einer komplizierten Stelle angekommen.

»Wo ist dein Gepäck?«

Beatrice schob einen Kopfhörer nach vorn. »Was?«

»Wo ist dein Gepäck?«

»Oben.« Ihre Augen unter den fast unsichtbaren Brauen waren gelblich grau wie der Himmel, bevor sich entschieden hat, ob es aufklaren oder regnen soll. Ihre mageren Füße in den Sandalen hatten rosa lackierte Nägel, deren Farbe Max sofort ausnehmend gut gefiel.

»Etwas zu trinken dann?«

Beatrice stutzte, als müsse sie erst herausfinden, was Max gemeint hatte oder welche Antwort er wohl erwartete. »Danke.«

»Danke, ja?«

»Danke, nein.«

Beatrice verströmte den Geruch eines Parfums, das nach Himbeeren roch. Ihr dünnes strähniges Haar zeigte alle Schattierungen von ingwerfarbig bis weißblond.

»Setz dich doch. Wir haben nur ein Bad für alle. Das dauert sicher noch, bis die da oben fertig sind.«

»Ja.«

»Nach der langen Fahrt.«
»Ja.«
»Da draußen ist noch ein Wasserhahn.«
»Praktisch.«
»Ja, mir genügt er meistens.«
»So?«
»Nachher gehe ich raus, mich waschen.«
Beatrice starrte ihn an, als spräche er unverständlich.
»Wenn mit den sanitären Einrichtungen etwas nicht in Ordnung ist, ist gleich alles im Eimer«, verdeutlichte Max.
»Genau.«
»Wirklich nichts zu trinken?«
»Nein.«
»Wer ist die Komponistin?«
»Ich.«
»Bist du mit einem von denen da oben verheiratet? Liiert? Nein? Befreundet dann. Was hörst du da?«
»Was ich so zum Komponieren brauche. Purcell. Prokofjew.« Beatrice beobachtete ihn. »Und Poliakoff.«
»Ach so. Sind ja auch ähnlich.«
Durch die offene Tür klangen helle Werkstattgeräusche, das silbrige Feilen und Hämmern der Finken. »Bist du deshalb hergekommen, zum Komponieren?«
»Richtig.«
»Und Lukas zum Malen?«
»Genau.«
»Und die andere Dame? Ist sie zum Kochen da?« fragte Max hoffnungsvoll. Im Eisschrank stand noch eine halbe Büchse Bohnen und ein Becher jaourt nature.
»Dina? Vielleicht. Nein, ich glaube eigentlich nicht.«
Vor jeder Antwort sah Beatrice ihn einige Augenblicke

lang mit angehaltenem Atem und gespannter Aufmerksamkeit an, als brauche eine Mitteilung durch das Ohr viel länger als eine durch das Auge. Oder als überlege sie, ob sie sich wundern solle oder nicht. Gerade, wenn Max ärgerlich werden wollte, hellte sich ihr Gesicht auf, und sie sagte doch noch etwas. »Sind Sie schon lange in Frankreich?«

»Weil ich so viel rede? Nein. Vorher war ich allein hier.«

Über ihren Köpfen hörte Max das andere Paar hin und her trampeln und reden. Die Balken krachten, Putz rieselte, Fenster wurden aufgestoßen, Türen klappten. In einem Augenblick der Stille tickte leise, aber deutlich der Holzwurm.

»Kann man denn komponieren ohne Klavier?«

Die Tür oben an der Treppe knallte an die Wand. Dina hatte sich umgezogen und trug jetzt leichtere Halbschuhe, Socken und einen dünneren Rock. Ihre Bluse war falsch geknöpft. Bei jeder Stufe klapperte die Holzkette gegen eine große Brosche mit Schmeißfliegenglanz. Zuletzt, als die Treppe den Schwenk ins Zimmer machte, erschien auch ihr frisch geschminktes Gesicht. Dina war begeistert.

»Diese Stille, diese Ruhe!« rief sie. »Daran muß ich mich erst gewöhnen. Lukas! Komm runter. Philo, komm rein. Hallo, Max. Wie schön es hier ist! So still und friedlich. Wie haben Sie es nur so lange ohne Gesellschaft ausgehalten? Die ideale Atmosphäre zum Arbeiten. Was tun Sie? Malen? Schreiben? Lukas, komm jetzt, wir packen später fertig aus. Was ist das da drüben?«

»Vézelay.«

»Ach, das ist es also. Davon hab ich schon gehört. Wir sind sogar vorbeigefahren, Philo wollte unbedingt aussteigen. Beatrice, du kannst jetzt rauf. Lukas, komm doch endlich!«
»Komme schon«, sagte Lukas im Zimmer über ihnen mit normaler Stimme. Verdammt hellhörig ist das Haus, dachte Max.
Lukas trampelte die Stufen herunter und setzte sich krachend in einen Rohrstuhl.
»Ein Bier wäre jetzt schön.« Beim Reden nuschelte er und stotterte manchmal, als könne er sich nicht schnell genug verständlich machen. Er sprach mit leicht bayerischem Akzent.
»Da ist die Küche.« Max deutete auf die Tür. »Eine Dose müßte noch da sein.«
Lukas stand wieder auf, sah im Eisschrank nach, brachte das Bier mit zwei Gläsern und stellte ein Glas vor Max. Er war kurzbeinig, plump und zugleich beweglich, mit groben fleischigen Gesichtszügen und wirkte bereitwillig, sogar beflissen, dabei etwas undurchsichtig, aber vertrauenerweckend für das, was auch immer er sein mochte – ein solider Gangster, ein zuverlässiger Betrüger, ein guter Esser sowieso, die Tücke in den kleinen Augen gut unter Kontrolle, mögliche Niedertracht gut versteckt.

Unter Philos Füßen knirschte der Kies wie trockener Schnee. In der Tür wurde es dunkel, dann stand er im Zimmer. »Gibt's hier Tee? Kann ich meinen Koffer waschen?«
»Was?«

»Er meint Kamillentee«, erklärte Dina. »Ihm war schlecht. Ich mache ihn dir, falls welcher da ist.«

»Keine Ahnung«, sagte Max, um gleich klarzustellen, daß er auf keinen Fall den Koch für alle machen würde. »Habt ihr Bettwäsche mitgebracht?«

»Freilich.«

»Und Handtücher?«

»Klar.«

Philo trug noch die fleckigen Leinenhosen und das zerknitterte Hemd von vorhin. Er brachte einen kleinen Metallkoffer mit und stellte ihn, als er sich setzte, neben seinen Fuß. Mit der Fußbeuge hielt er Kontakt zu ihm, als sei der Koffer lebendig und könne weglaufen. »Mein Manuskript«, erklärte er. Er sah sich um. »Wie alt ist das Haus?«

»Keine Ahnung«, sagte Max. »Zweihundert Jahre? Da drüben, in der Küche, war früher der Stall, und da hinten, wo jetzt die Terrasse ist, war die Miste, und der flache Stein hier unterm Fenster war die Spüle, und da im Kamin ist noch ein Haken für den Kochkessel. Da ist die Tourne Broche für das Fleisch. Sie geht noch.« Er wies auf eine komplizierte Apparatur, die in einem langen Bratspieß endigte.

»Wie funktioniert sie?«

»Man zieht sie hier mit Gewichten auf, die draußen an der Hauswand hängen.«

»Es ist also ein Bauernhaus«, bemerkte Philo streng, als sei dies die Erklärung, mit der Max die seinen hätte anfangen müssen. Er nieste einige Male mit einem seltsamen Pfeifen, das plötzlich daran erinnerte, was der menschliche Schädel ist – ein Gebilde wie manche Tuffstein-Küstenfelsen, mit Hohlstellen und Verbindungsgängen, durch die der Wind pfeift und das Wasser schwappt. Philo schneuzte sich ausgiebig, mit viel Feuchtigkeit, und starrte Max aus wässrigen Augen an. »Kalt hier für die Jahreszeit.« Er putzte seine Brille.

Erwartete er etwa, daß man tagsüber für ihn einheizte?

Lukas sah unschlüssig auf Max, dann auf Beatrice.

»Beatrice, bist du ansprechbar? Gut. Du kannst jetzt rauf. Wir haben dich nach hinten hinaus untergebracht und Philo ins vordere Zimmer.«

In Max' Zimmer war anscheinend das Ehepaar eingezogen.

Früh am Morgen trat Max aus der Dependance. Fester weißer Nebel füllte das Tal bis zum Rand, wie gestockte Milch eine Schüssel. Max war hungrig, und sauer war er auch. Die ganze Nacht über hatte er Fluchtgedanken gehegt. Er hörte den Vertex in der Scheune brummen und fuhr aus dem Schlaf. Hatte einer aus der Gruppe denselben Gedanken gehabt und den Motor angelassen? Er horchte angespannt. Doch in der Scheune lief nur die Heizung und kein Sechszylinder. An verschiedenen Anzeichen – die schwarze Limousine im Hof, offene Fenster, ein heraushängendes Handtuch –, sah man, daß das Haus besetzt war. Mürrisch überlegte Max, wie er sein Frühstück machen sollte, ohne die Leute aufzuwecken. Er schlich in die Küche, schnitt Brot, bestreute die Scheiben mit Nescafé und nahm den Teller mit hinaus auf die Gartenmauer. Er fröstelte und kaute. In Villemondaine brannten noch alle sieben Straßenlaternen in ihrer dunklen Mondfarbe, drei in schräger, vier in krummer Linie. Am Talrand tauchte die alte Fichte aus der wolkigen Nässe, eine düstere schaumgeborene Venus, und schwenkte ihre Zweige mit finsterer Koketterie. Je grüner die Wiesen wurden, desto schwärzer wurde sie. Eine Krähe flog herbei, schaukelte auf dem obersten Ast und würgte mit gesträubten Federn ein Krächzen aus. Es war ein Paar, das gut zueinander paßte, dachte Max. Den Botticelli, ein gerahmtes Kalenderblatt der Sapeurs Pompiers, hatte Max gestern bei

seinem Einzug in die Dependance gleich von der Wand genommen und hinter den Holzstoß geschoben.
Max beobachtete, wie der fast schon volle Mond an derselben Stelle unterging wie am Abend vorher die Sonne, hinter dem wilden Birnbaum am Gartentor. Der Baum war alt und klein, mit dornigen Zweigen, so krumm und tot wie Stacheldraht. Mit Stamm und Ästen hielt er an der rußigen Winterschwärze fest und mit seinen Flechten an der Farbe von schmutzigem Schnee. Doch heute morgen sah Max, daß auch der Birnbaum sich hatte besetzen lassen, mit kleinen weißen Knospen hie und da. Fast war Max enttäuscht. Der störrische Baum hatte ihm gefallen. Außerdem hatte er mit mehr Brennholz gerechnet.
Hinter ihm wurde ein Fenster aufgestoßen, jemand gähnte laut.
»Hab ich einen Kater! Hätt' ich bloß nicht so viel Beaujolais getrunken gestern abend«, sagte Lukas. »Hast du gesehen, wie Max geschlungen hat? Sicher seine erste richtige Mahlzeit seit Wochen.« Das war Dina.
»Wo ist eigentlich mein Unterziehpullover?«
»Max ist so finster, so gangsterig, sicher hat er Dreck am Stecken.«
»Ach was.«
»Sicher ist er auch ein Krimineller.«
»Wieso *auch*?«
»Ich meine, zu allem anderen auch noch kriminell.«
»Mutig, daß er überhaupt noch den Vertex fährt, nach seinem Autounfall.«
»Na, schon auf? Guten Morgen.« Das war Philo.
»Wie spät ist es?«
»Keine Ahnung.«

»Hast du einen Fön?«
»Nein. Warum?«
»Zum Fönen. Oh! Jetzt hab ich mich auf meine Uhr gesetzt. Aber kaputt war sie vorher schon.«
»Ich hab meine gestern in der Badewanne anbehalten, ich Idiot.«
»Na, macht nichts! Max wird schon eine haben.«
»Was hier noch fehlt, ist ein Tennisplatz. Und ein Swimming-pool. Ach, da ist Max! Guten Morgen!«

»Du brauchst den Nescafé doch nicht durchzuseihen, Philo.«
»Philo ist ein Pedant.«
»Für mich Tee.«
»Was ist denn das für ein Gelabere?«
»Ich hab die Eierkochzeit mit der Tee-Ziehzeit verwechselt, auf der Sanduhr.«
»Ich finde, jeder macht einmal die Küche, reihum.«
»Leihst du mir deine Uhr, Philo?«
»Ich habe keine«, sagte Philo würdevoll, »ich halte mich an mein Astrolabium.«
Es war warm. Die Tür stand weit offen. Kalk blühte im Fußboden. Frische Luft drang durch alle Mauerritzen und wehte den weißen Anstrich von der Steinwand in der Küche. Glyzinienzweige und Wilder Wein rankten ins Fenster. Löwenzahn drängte durch den Kies und Gras durch die Terrassenfugen. Der Nußbaum grünte, der Birnbaum blühte, beide Scheunentore glänzten in frischem, neuem Weiß. Im Kamin dröhnte eine Hummel. Zufrieden sah Dina zu, wie alle sich verliefen: Beatrice, mit Klappstuhl und Schreibblock, ließ sich auf der Wiese

nieder, um zu komponieren. Lukas verschwand in der Scheune, von der er behauptete, sie sei mit offenen Toren ein sehr gutes Atelier. Max ging fischen. Philo, in kariertem Flanellhemd, Strohhut und bebrillt, schlenderte hinter der Gartenmauer ebenfalls Richtung Cure, sein Manuskript so natürlich unter den Arm geklemmt, wie auch ein Fisch nicht ohne Flosse losschwimmt. Hoch über ihnen allen bewegte sich ein Kiebitzschwarm über den Himmel und veränderte seine Form wie ein Staubhaufen, der vorangekehrt wird. Dina wollte putzen.

Beim Fegen, Scheuern, Wischen nahm sie das Haus in Besitz, Stein für Stein, als baue sie es neu. Eine Aussicht nach der anderen wuchs ihr zu. Sie sah die Türme von Vézelay schlierig, schmutzbraun, heller oder dunkler, je nach Fenster und Wetterlage in dieser Richtung. Aus dem Flurfenster im ersten Stock sah sie die Dächer wüstenfarbig über den kahlen Feldern, als niedrige Zeltstadt unter dem Himmel; im Zimmer daneben eingerahmt von der Petit-Point-Stickerei des Birnbaums voller Blüten; als Seidenapplikation auf Cordsamt über den gerippten Weinbergen. Dina interessierte sich sehr für Handarbeiten. Als sie mit den Vorderfenstern fertig war, putzte sie die hinteren. Dort schwollen die Wiesen wie frisch aufgeklopfte grüne Polster. Wieder einmal staunte Dina über die ungeheure Beschleunigung des Frühjahrs – von kahl zu üppig, das Gras handhoch, kniehoch und schon wieder abgemäht und weg, noch bevor die Bäume sich mit Grün gefüllt hatten. Man kam nicht mehr mit. Es war, als würde einem der Boden unter den Füßen weggezogen. Auch im Haus entdeckte Dina Alterserscheinungen. Hier fehlte ein wenig Mörtel, dort Fensterkitt; da war eine feuchte Stelle unterm Dach. Die Tapete löste sich, ein Fenster war nicht dicht. Holzmehl rieselte aus den Balken. Beim Abkehren blätterte die Farbe von den Mauern. Spinnen und kleine Rollkugeln, die sich als lebendig entpuppten, liefen vor ihr davon. Aus dem Sofa floh eine Maus. Von unten arbeitete und drängte die Erde; einzelne Steinplatten hatten sich gehoben und ließen sich nicht mehr zurückdrücken. Als Dina erschöpft innehielt, hörte sie den Holzwurm mit winzigen Zähnen klappern.

Dina hatte die Hausruinen im Tal gesehen. Plötzlich war sie froh, daß sie nur einen Sommer bleiben mußten. Einen Sommer lang konnte man sich anstemmen gegen diese Égalité, Liberté, Fraternité, diese schreckliche Gleichmacherei der Natur. Zuerst war es nur eine feuchte Stelle, dann morsche Sparren, dann senkte sich das Dach und fiel ein. Die Vorder- und Hinterfassaden hielten zwischen den Steinhaufen und Büschen am längsten aus. Dina stellte einen Eimer auf die nasse Stelle. Jemand – Max? – müßte aufs Dach klettern und den fehlenden Ziegel ersetzen. Aber niemand würde es tun, das wußte sie.

Unmerklich, wie von einer sanften Welle, war Max mitten im Frühling an Land gesetzt worden.

»Was hörst du da? Kalaschnikow? Sikorski?«

»Rousseau.«

»Rousseau? Einen Vortrag?«

»Nein, die Oper.«

»Ist sie gut?«

»Nein, gar nicht.«

»Warum hörst du sie dann?«

Beatrice legte die Bügel des Walkman um den Hals und stellte ihn ab. Max konnte ihren Augen ablesen, daß sie sich auf die wirklichen, zufälligen Dinge erst einstellen mußte, daß sie erst jetzt auf ihre Umgebung aufmerksam wurde und ihren Standpunkt mittendrin zu finden versuchte. Anscheinend drängten sich die Dinge im Vordergrund allzu dicht an sie heran. Sie trug die roten Hosen, das Hemd mit dem Walkman gegürtet, und das süße Parfum, das nicht zu ihr paßte.
Im verwilderten Hausgarten neben der Ruine im Tal rieselte das Wasser. Es war kühl und feucht und schattig. Zwischen den abgestorbenen Obstbäumen wucherten Immergrün und Efeu, Veilchen, Schnittlauch, Pfefferminze, wilder Rhabarber und Iris oder Lilien mit spitzen, fest geschlossenen Knospen.
»Willst du meine Jacke? Nein? Kalt hier. Komische Idee, sich ausgerechnet hier unten ein Haus zu bauen.«
»Vielleicht waren es Müller.«
»Müller? Wieso?«
»Wegen dem Bach.«
»Mit den Säcken den steilen Hang hinauf? Das glaube ich nicht. Komisch, daß Gartenpflanzen länger aushalten als ein Haus.«
Sie betrachteten den Steinhaufen. Eine Fassade stand noch. Fliederbüsche ohne Blüten und Brombeeren wucherten davor. Max hatte Beatrices Parfumflasche im Badezimmer gesehen. Sie war wie eine Himbeere geformt und mit einem Glasblatt verschlossen. Daneben standen allerhand Shampoos und Cremes, die vielleicht Dina gehörten. Beatrices weißblond ausgefranstes Haar wurde normalerweise vom Walkman zurückgehalten. Jetzt strich sie es mit der Hand hinter die Ohren.

»Seit du – seit ihr da seid, träume ich nicht mehr alp.«
»Nicht mehr was?«
»Alp.«
»Man träumt sehr lebhaft in diesem Haus. Ist da eine Wasserader drunter?«
»Was träumst du denn?«
»Musik.«
Beatrice legte den Kopf zurück, schloß die Augen und horchte. Im Unterholz raschelte es, Wasser gluckste, Max trat auf einen Ast. Ein Flugzeug brummte, und ein Brutzeln oder Knistern, wie von Fett in einer heißen Pfanne, kam aus der Hochspannungsleitung über ihnen.
»Komponierst du eigentlich immer? Jetzt auch?«
»Jetzt? Eine Antiphonie für Lauch und Löwenzahn? Nein, das geht nicht.«
»Wann dann?«
»Nachts.«
»Was denn?«
»Orchestermusik.«
Beinahe jede Nacht träumte sie von den drei Musikern, die wie schwachsinnig auf ihren Stühlen hopsten und hüpften und mit verbundenen Augen wie verrückt geigten und Schlagzeuge und Klavier behämmerten. Obwohl sie wie die Affen improvisierten und keiner den anderen sehen konnte und ihnen mit den Augen zusammen auch die Ohren verbunden waren, gelang ihnen eine beängstigende, mitreißende Musik, eine Kakophonie ohne Mißklang mit Hammerklavier und Glocken. Ja! Ja! dachte Beatrice im Schlaf, das ist es! Das ist es; aber bis in den Traum hinein wußte sie, daß ihr die Komposition – oder die Konstruktion einer Spieluhr mit drei lebensgroßen,

hektisch agierenden Figuren – nicht gelingen würde. Wenn sie aufwachte, ächzte und knarzte die Dachschräge, unter der ihr Bett stand, Windböen ließen das Haus erzittern. Der Regen trippelte übers Dach, Hagel hüpfte hinterher, der Wind brauste davon, und keine zwei Handbreit von ihrem Ohr rieselte das Wasser in der Rinne. Zwischen den Mauern nagten und scharrten irgendwelche Tiere. Bekrallte Pfoten galoppierten übers Dach. Um wieviel größer und gefährlicher ein Tier erscheint, wenn es sich dicht über dem Kopf befindet!

»Könnten wir nicht mal Zimmer tauschen? Bei mir nagt immer eine Ratte hinter dem Bett.«

»Auf der Terrasse ist eine Schlange.«

»Oh! Huch! Nach unten geh ich sowieso nicht.«

»Bei mir in der Dependance sind Fledermäuse, aber wenn du willst, kannst du rein.«

»Uh! Ah! Brr. Ich dachte eigentlich mehr an Philo. Dann könnte ich nach vorn.«

»Was ist Philo eigentlich? Was macht er?«

»Enzyklopädist. Enzyklopäderast. Gestern in der Küche hat er sich an Lukas rangemacht.«

»Das sollte er mal bei mir versuchen.«

»Er wird, keine Angst. Er wird.«

»Und Lukas?«

»Malt.«

»Das weiß ich, aber was? Verkauft er auch?«

»Ich glaube schon. An Geld scheint's ihm nicht zu fehlen.«

»Im Restaurant neulich hat Dina bezahlt.«

»Ja, ich glaube, es kommt von ihr.«

»Ach so. Na schön. Deshalb ist sie so scharf auf das einfache Leben. Und du?«

»Ich?«
»Ja, du. Was komponierst du eigentlich?«
»Ich weiß noch nicht, was draus wird. So eine Art Francophonie.«
Beatrice liebte und fürchtete das tolle Orchester und seine gellende, johlende Musik. Einmal, nur kurz, hatten die drei Musiker die Gesichter von Lukas, Philo und Max, aber Beatrice wußte gleich, daß sie es nicht waren, sondern Masken trugen.
»Kann ich mal hören, was du hörst?« fragte Max und streckte die Hand nach dem Walkman aus.
»Nein. Ich muß da weiterhören, wo ich aufgehört habe.«
Die verschiedenen Winterfarben waren alle noch erhalten, aber sie bedeckten jetzt andere, zielstrebig aufkeimende Dinge. Das weißliche Blinken der Palmkätzchen erinnerte an Schneeglanz, der Boden war überschneit mit Anemonen, die Wipfel am Gegenhang waren überfrostet vom Frühlingsreif der Knospen, in den Weiden hingen kurze gelbe Schnüre wie Lametta. Leicht verwirrt sah Max sich um. Gerade erst, jetzt eben war doch noch Winter gewesen? Und tatsächlich fielen einzelne Schneeflocken zögernd, ratlos in verschiedene Richtungen, hinauf und hinunter, und berührten kurz und tastend sein Gesicht.

»Wo bleiben denn die beiden!« rief Dina. »Ich kann nicht weitermachen ohne Küchenkräuter.«
»Wann essen wir?«
»In zwei Stunden.«
»Zwei Stunden? Was soll das heißen?«

»Wenn die Bohnen durch sind.«
»Na also. Gib doch gleich präzise Angaben.«

Schon seit Tagen hatte Lukas keine Lust zum Malen. Lieber beschäftigte er sich mit der Komposition des abendlichen Kaminfeuers. In der Dependance überblickte er den hoch aufgeschichteten Holzvorrat mit Befriedigung. Alle Baumarten der Wälder dieser Gegend waren in verschiedenen Graden der Trockenheit vertreten. Zwei große Eichenkloben hatte er bereits ins Haus transportiert. Sie waren für die Glut am späten Abend bestimmt, wenn alle nur noch schläfrig herumsaßen und niemand mehr aufstand, um ein Scheit nachzulegen. Jetzt nahm Lukas von oben drei schwere Buchenklötze, klopfte Staub und Spinnen ab und lud sie auf den Arm. Buche war sozusagen die Kartoffel oder, französisch ausgedrückt, das Brot der Mahlzeit. Lukas schwankte mit seiner Last ins Haus. Er kam zurück und überlegte, welcher Braten heute abend für die Tourne Broche bestimmt war und welche Holzart dazu paßte; jetzt folgte die Würze und Feinabstimmung des Feuers, durchaus vergleichbar mit der Küchenkunst. Er wählte Birke für den Anfang, weil sie schnell brannte und gut roch, dazu Kastanie und wilde Kirsche für den Duft und ein Stück noch belaubten Efeu zum Ausprobieren. Mit einiger Mühe zog er die Hölzer aus dem Stoß und packte sie auf den Arm. Obenauf legte er ein paar Eschenknüppel, die nicht ganz trocken waren und schön zischelten und spuckten und den süßlichen Geruch verströmten, den man in den Dörfern roch.
Lukas kam ein letztes Mal zurück und griff nach einer

Handvoll dürrer Obstzweige zum Anfeuern. In der Woche, in der er für den Kamin verantwortlich war, hatte der Holzvorrat stark abgenommen. Was fehlte noch? Zeitungspapier, lose Rinde oder Stroh? Lukas verabscheute künstliche Anfeuerhilfen, weil der Spießbraten danach schmeckte.

Auf dem Rückweg stolperte er über Max' Koffer und stieß gegen das Bild bei der Tür. Sorgfältig rückte Lukas es wieder gerade. Auch hier im Tempel des Materiellen, im säuerlichen Sickergrubengeruch von nebenan, zwischen Holzmehl und toten Fliegen, mußte die Kunst würdig vertreten sein. Ein gerahmter Poster von Watteau hing an der Stelle, wo früher ein Botticelli gehangen hatte. Lukas hätte den Botticelli vorgezogen.

Watteaus breithüftige, glänzende Person in der Mitte, ein rechter Tölpel, sah aus wie ein Kohlweißling, dem man die Flügel ausgerupft hat und der nun hilflos darauf wartet, was weiter geschieht. Die Gruppe im Hintergrund war mit eigenen Angelegenheiten beschäftigt. Das Eselsauge funkelte mutwillig. Von draußen hörte er Schritte auf dem Kies und die Stimmen von Max und Beatrice.

»Ein richtiger Basiliskenblick.«

»So hart und wäßrig.«

»So trüb und kalt.«

»Wie ausgekaute Stachelbeeren.«

»Wie ausgespuckte Austern.«

»Da ist er.«

»Da seid ihr ja endlich! Dina wartet schon.«

»Wir sagen gerade, Philo, du hast Augen wie Napoleon III.«

»Ich? So? Findet ihr?« Geschmeichelt ging Philo zum

Regal und blätterte im Lexikon. Tief enttäuscht kam er zurück. »Diese stumpfen Reptilaugen soll ich haben? Das ist nicht nett.«

»Also, wann treffen wir uns?«
»Wenn es Viertel schlägt.«
»Viertel was und wo?«
»Hier, unterm Uhrturm.«
»Im Mittelalter gab's noch keine Viertelstunden.«
»Treffen wir uns doch einfach in einer halben Stunde, egal wie spät es dann ist.«
Lukas ging stadtauswärts zur Bastion. Dina strebte mit Einkaufskorb und -tasche dem Stadtzentrum von Avallon zu. Philo hängte Notizbuch und Feldstecher um den Hals, stellte sich vor das Portal von St. Lazare und starrte es an. Dann verschwand er die Stufen hinunter ins Kellerdunkel der Kirche. Beatrice blieb einfach stehen, wo sie stand, mitten auf dem kopfsteingepflasterten Platz, als warte sie auf eine Eingebung. Sie trug heute eine Schleife auf dem Scheitel, wie eins der Ostereier im Schaufenster, und natürlich den Walkman.
Max beobachtete sie. Er hörte Motorgeräusche, das Klatschen von Taubenflügeln, das Rasseln und Scheppern der Turmuhr. Ein Kind weinte, ein Auto hupte, jemand pfiff und winkte Beatrice zu. Endlich setzte sie sich in Bewegung.
»Komm doch jetzt!« rief Max ungeduldig.
»Komme schon«, antwortete Philo und tauchte aus der Grabeskühle des Portals. Max deutete nach oben. »Schau mal, Philo, dein Konterfei.«
Hoch unter dem Dach saßen ein paar Wasserspeier.

Philo sah kurz hinauf. Der eine hatte sich verächtlich von der Stadt ab- und dem Tal zugewandt. Der andere trieb die Geste der Mißbilligung noch weiter und wies der Welt die Kehrseite, falls ihm nicht der Kopf fehlte. Beide waren stark verwittert. Der erste glich mit seinem abschreckenden Charme, seinem dürren Hals und den langen scharf geschnittenen Zügen Philo sehr, fand Max. Auch Philo war steinalt, mindestens fünfzig. Doch Philo erkannte sich so wenig wie ein x-beliebiges Tier im Spiegel, nämlich gar nicht.
»Tempus edax rerum«, sagte er nur.
»Was?«
»Max ist nicht der Intelligenteste«, sagte Beatrice.
»Was?!«
»Tempus edax rerum heißt«, übersetzte Philo und wies seine schlechten Zähne vor, »es ist auch nicht mehr viel übrig da oben.«
Sie blickten auf das steile Tal unter sich, die Stadtmauer und Terrassengärten mit verfallenen Hütten, niedergetrampeltem Buchs, Hundekot und Stroh, abgebrochenen Zweigen, Weinstöcken, Bohnenstangen, Winterkohl, exotischen Bäumen in irdenen Töpfen, Papier, Dosen und Scherben. Philo notierte etwas in sein Notizbuch, das er griffbereit um den Hals trug, und ging weg. Beatrice schob einen Bügel des Walkman vor das Ohr. Ein Hubschrauber flog unter ihnen den Fluß entlang, sein schnelles lautes Pochen füllte das Tal.
»Was hast du vor?« fragte Max.
Beatrice schien nachzudenken und sagte nichts. Zwei vertraute Gestalten kamen die Stadtmauer entlang, eine kurzwüchsige breite und eine lange gebeugte.

»Da kommen Filibert und Patapuff.« Beatrice lehnte sich über die Brüstung und winkte hinunter.
»Wer? Ach da.«
»Sancho Pansa und Don Quijote. Huhu, wo geht ihr hin? – Bald wird er ihm den Saum des Panzers küssen.«
»Meinst du? Ja, Lukas ist sehr gefällig.«
»Ich seh' mir mal die Stadt an«, sagte Beatrice und ließ Max stehen.
Max blieb noch auf der Mauer sitzen. Von Avallon kannte er bereits jede Gasse. Wieder einmal freute er sich, wie die Stadthäuser mit den schönen Vorgärtchen und eleganten Fassaden nach rückwärts, dem Tal zu, ins Chaos mündeten.

Dina war mit ihrem Einkaufskorb auf der Grande Rue Aristide Briand unterwegs. Irgend etwas in den zahlreichen Konditorläden erinnerte sie an Beatrice. Sie kaufte eine kleine dreieckige Torte, die sehr teuer war. Vor dem nächsten Schaufenster blieb sie wieder stehen und betrachtete die für eine Kleinstadt ganz erstaunliche Auswahl von Corsagen und Negligés. Hoffentlich fand sie die passende Größe, dachte Max, der ihr vom Trottoir gegenüber zusah. Er kaufte eine Forellenfliege im Geschäft für Fischereibedarf. Sie war fürchterlich teuer. Irgendwie mußte er den anderen klarmachen, daß dies sein Beitrag zum allgemeinen Lebensunterhalt war, immer mal wieder ein oder zwei Fische aus der Cure. Er sah, wie Beatrice mit einem kleinen Paket aus dem Musikalienladen weiter unten auf die Straße trat. Da kam auch Philo, ganz gründlicher Tourist mit Notizbuch und Michelin in der Tasche. Auch er fand ein Geschäft zum Stehenbleiben. Es war der Buchladen, und sämtliche französischen Klassiker füllten in schönsten Goldschnitt-Ausgaben die Regale. Sie waren wahnsinnig teuer. Max sah, wie Philo zögerte und hineinging.

»Wieviel Geld hast du noch?«
»Nichts mehr.«
»Ich auch nicht.«
»Fahren wir über Vézelay zurück? Tanken müssen wir auch noch.«
»Ich tanke umsonst, mit Scheck.«
»Hast du in Frankreich ein Konto?«
»Hab ich nicht, aber Schecks«, sagte Lukas.
»Du kannst doch unmöglich deine Schecks hier ausgeben, wenn wir länger bleiben wollen!« rief Dina aufgebracht.
»Dann geben wir sie eben woanders aus, wo man uns nicht kennt«, meinte Lukas. Immer noch staunte er, was es in kleinen Landstädten wie Avallon an Genüssen zu kaufen gab – Möveneier in Salz und Fässer voll Seeigel; Austern auf Eis, geknebelte Hummer und Schnecken im Haus mit Knoblauchbutter; Karpfen, die noch nach Luft schnappten und Körbe mit lebenden Krebsen. Gewaltige Rinderkeulen, Faux-Filets mit eingespießten Preisschildern, fette Enten mit Kopf und Schnabel, blasse Perlhühner und Wachteln, die Gurgel am Haken; kopfunter aufgehängte Lämmer in der Charcuterie Notre Dame und Ferkel mit wächsernen Gesichtern. Ungerührt warteten die Hausfrauen, bis das passende Stück Fleisch herausgesucht, abgehackt, vom

Knochen gelöst, gespickt und fertig verschnürt war fürs Feuer.
»Wo ist dieses berühmte Weltgericht? Autun? Da könnten wir doch mal hinfahren und einkaufen«, schlug Lukas vor.
»Jüngste Gerichte gibt's hier in jedem Dorf.«
»In Vézelay nicht.«
»Ich möchte zu gern mal wissen, wie man die Misthaufen so exakt im Dreieck schichten kann«, sagte Philo.
»In Frankreich sehen die Häuser aus wie gewachsen und die Bäume wie gebaut.«
Sie kamen zu einer altertümlichen Tankstelle. Ja, es stimmte, aus einer zusammengefallenen Feldsteinmauer sproßten frische Ziegel als Plakatwand empor. Das Wohnhaus war nicht zu sehen, es lag viel tiefer als die Straße. Wer tanken wollte, mußte klingeln oder hätte es tun sollen. Max kannte die Tankstelle ganz gut. Tagsüber war niemand zu Hause außer einer alten Frau mit Kleinkind und Hund.
»Hier kann man sehr billig tanken«, sagte Max. Doch Lukas fand die Tankstelle nicht nach seinem Geschmack und fuhr vorbei. Sie passierten einen Parkplatz, auf dem Bentleys und Rolls-Royce sich drängten, und ein schloßartiges Portal. Lukas wurde ganz aufgeregt. »Hier gibt es ein Drei-Sterne-Lokal!«
Er manövrierte den Relax dicht vor die ausgehängte Speisekarte und reckte den Hals. Sie las sich, Zeile um Zeile, wie ein kurzes Gedicht. Preise standen nicht dabei.
»Hier kommen wir noch mal her«, beschloß Lukas und rollte weiter.
Sie folgten einem schwerfälligen Bus, der unter schnarchenden Geräuschen schwarze Rauchwolken nach hin-

ten stieß. Als die Sicht wieder frei war, konnte man lesen, woher er kam – aus Grevenbroich.
»WC und Dusche an Bord.«
»Und Bar.«
»Wozu hängt man die Flaschen nicht gleich übers WC?«
»Mit Sauger.«
»Es reicht jetzt, ja?!«
»Fahren wir gleich ganz rauf?«
»Aber ja doch. Ekelhaft, dieses Touristengeschmeiß hier überall.«
»Hältst du dich für eine Zierde der deutschen Nation?«
»Wir? Aber immer.«
Die Aussichtsplattform von Vézelay war mit den exakt gestutzten Kastanien und Platanen ausgerüstet, ohne die der Himmel über Frankreich sich anscheinend nicht wölben kann. In der Ebene schlängelte sich die Cure pappelgesäumt durch die Wiesen, und aus dem Dorf St. Père reckte sich ein gotischer Turm.
»Oh, ist das schön hier! Der weite Himmel.«
»Die Breite des Äthers.«
»Was?«
»Der historische Punkt hier.«
»Das historische Feld.«
»Die unendliche blaue Historie rings um uns herum hier.«
»Weite des Raumes, Weite der Zeit.«
Hoch über ihnen segelte der durchsichtige Tagmond. Er war nicht mehr neu, er hatte schon Schlagseite und war eingedellt, nur noch eine müde Funzel wie Abblendlicht bei Tag, dachte Max. Als Schwesterplanet neigte er den

blaßen Kopf etwas auf die satinblaue Schulter, sah Dina, schon wieder beinah jungfräulich, dachte Beatrice, getränkt und vollgesogen mit feuchtem Blau, bemerkte Lukas, eingedrückt wie die Frucht, die von tief unten aus dem Korb rollt; eine spinnwebfarbene kleine Dunstwolke, eine unter mehreren, aber diese hier steigt immer höher und wird gelblich, dann silbrig, immer heller und ist schließlich der Blickfang am Himmel, wenigstens nachts, wenn auch meistens keiner hinschaut; und kaum hat man diese Position gewonnen, ist man schon wieder halb weggeschmolzen und nicht wichtiger als der Schnee von gestern. Aber noch ist ja heller Vormittag, dachte Philo.

»›*Und ein wunderschöner Knabe*
Schifft hoch über Tal und Kluft
Rührt mit seinem goldnen Stabe
Säuselnd in der lauen Luft.‹«

»Der Mond? Mörike?«
»Eichendorff. Der Sonnenknabe ist es.«
»Le Roi-Soleil.«
»Ludwig XIV.«
»Schön hier, im Land des Gallus domesticus.«
»Ach ja, Deutschland.«
»Heutzutage ist überall Europa.«
»Helau!«
»Salue.«
»Good morning.«
»Warum fahren wir eigentlich nicht nach Hause?«
»Jetzt gleich?«
»Warum nicht?«
»Sie fahren –!«
»Ach was.«

»Ich geh zu Fuß nach Haus«, sagte Lukas. »Schließlich bin ich zum Arbeiten da. Hier ist der Autoschlüssel. Wo ist mein Malzeug?«

Es lag im Kofferraum. Lukas packte es zusammen und machte sich auf den Weg bergab, am Friedhof und einer romanischen Kapelle vorbei gegen Norden zu durch ein fremdes Dorf, die krumme, bucklige, ›La Grande Rue‹ genannte Straße entlang, vorbei an der Trikolore am Rathaus und am Schulgebäude, an das ein Hühnerhof angebaut war. Lukas blieb einen Augenblick stehen und lauschte den meditativen Wechselgesängen, die aus Pfützen und altem Stroh hinauf zur weißen Flaumfeder des Tagmonds geschickt wurden. Er ging weiter und wurde aus einem radlosen Deux Chevaux, der als Hundehütte diente, angekläfft. Neben dem Waschpalast stach jemand Löwenzahn. Lukas packte seine Pappwinkel aus und umrahmte damit die Sicht auf Vézelay. Nein. Er schlenderte weiter, zwischen Holzstößen und Autowracks aus dem Dorf hinaus und erreichte die Cure, die hier breit und vermutlich seicht unter Weiden träge floß oder vielmehr stand. Die Zäune am Ufer waren mit Schafwolle beflaggt, eine Badewanne diente als Tränke, die keulenförmigen Weidenpfosten hingen mehr im Draht, als ihn zu stützen. Lukas setzte sich auf den Wannenrand und prüfte die Aussicht. Nein, es war nicht das Richtige. Er ging zurück ins Dorf zu der Bar, die er gesehen hatte, trat ein und musterte die giftgrünen, blauen, milchweißen, roten und gelben Etiketten des Chartreuse, Pernod, Cassis und Bénédictine. Eine Schwangere lehnte an der Theke, die Hände weit vor sich gefaltet, als umarme sie jemand, was sie ja auch tat. Sie unterhielt sich mit zwei Männern mit fleischigen, geröteten Gesichtern, die Augen gegen den Zigarettenrauch aus dem Mundwinkel zusammengekniffen. In den Fenstern hingen die üblichen Spitzengardinen mit Pfauenmuster, vermutlich aus Taiwan. Lukas schob das Malzeug unter einen Tisch und bestellte. Er atmete auf. Ja, dies war das Ziel, das er unbewußt gesucht hatte, ein Ort, an dem er unerreichbar war und niemand etwas von ihm wollte; eine Oase der Ruhe, tief in der Provinz.

»Der Mond ist nicht neu. Er ist uralt.«
»Ach was. Jeder Stein, den du hier siehst, ist genauso alt.«
»Er schwebt aber nicht.«
»Doch, wir schweben auch.«
»So? Wo? Wohin denn?«
Beatrice, mit Walkman oder ohne, sah immer leicht verloren aus, dachte Max. Man müßte etwas für sie tun, um sie fester an die warme Erde zu binden. Bevor er selbst das tun könnte, mußte erst noch etwas anderes her.
»Nach Grevenbroich kommt nie ein Bus mit Franzosen.«
»Da gibt es ja auch nichts außer Reisebüro und Rüben.«
»In Vézelay gibt's nicht mal ein Reisebüro.«
»Ja, weil man hier schon *da* ist.«
»*Hier* ist man *da*?«
»Warum gibt's dann so viele in Paris?«
Max ging in die Dependance und suchte nach einem Jutesack. Er fand ihn und schüttelte den Staub heraus. In der Dependance schlief jetzt Philo. Max ging mit dem Sack in die Küche und öffnete den Eisschrank. Da lag noch ein kleiner roher Fisch von gestern. Max nahm ihn und steckte ihn in die Hosentasche. Hatte er jetzt alles? Einen Strick vielleicht noch? Er sah sich suchend um. Neben der Küchentür hing jetzt der Gilles von Watteau.

Zwischen den Kochtöpfen sah er noch unbedarfter aus als sonst. Max verzichtete auf einen Strick und machte sich zu Fuß auf den Weg nach St. Martin.
Unterwegs überholte ihn der debile Knecht vom Pasdeloupschen Hof. Beide nickten, winkten und lächelten sich zu. Sie freuten sich immer sehr, wenn sie sich trafen, weil Max auch nicht richtig sprechen konnte. Am Ortseingang verjagte der Knecht für Max den Ganter, der jeden angriff, und scheuchte ihn zurück in den Schlamm des Pasdeloupschen Anwesens. Ein Kettenhund schleuderte tobend um sein Faß. Wo war sie?
Pasdeloups Hof umfaßte mehrere, ineinander übergehende, gleich lange Gebäude, von denen jedes etwa einen Meter höher war als das vorige. Die beiden ersten bestanden aus Feldstein, das nächste aus Ziegel, das folgende war verputzt. Die Türen nach draußen, aber auch die inneren standen immer offen, und alle Bewohner konnten sich unter Vordächern, halb eingestürzten Mauern und ausgehängten Toren frei bewegen. Ein Teil der Fässer, Fahrräder, leeren Weinkisten und alten Eisschränke befand sich draußen, ein Teil drinnen; zerbrochene Stühle, Gasflaschen, Apfelkisten, Gummistiefel, ein zerrissener Mantel, vertrocknete Blumentöpfe, ein Gartenschlauch, Tröge, Schüsseln und Flaschen waren teilweise unter Dach. Die große Sammlung ausgeschlachteter Traktoren und alter Reifen bedeckte freies Feld. Alle Gebäude zeigten verschiedene Stadien von Aufbau und Verfall, wobei der Verfall neu und die angefangenen Reparaturen bereits historisch sein konnten. Max war schon öfter hier gewesen, um Ziegenkäse und Eier zu kaufen oder Werk-

zeug auszuleihen. Madame Pasdeloup sah auch gleich, daß er etwas kaufen wollte (der leere Sack!) und winkte ihn herein.
Neben dem kalten Kamin standen zwei Autosessel, Fernseher und ein Gummibaum, darüber hing eine rostige Schrotflinte als Wandschmuck. Ein halbabgezogener Stallhase lag nebenan; man aß spät zu Mittag auf dem Land. Madame Pasdeloup war immer sehr freundlich zu Max und zeigte lächelnd ihre Zahnlücken, die ihr Gesicht viel älter machten, als es vermutlich war. Sie scheuchte eine Ente vom Tisch und hinaus, wischte das Wachstuch mit der Schürze ab und nötigte ihn zum Sitzen. Mit den Manieren einer Dame von Welt (wenn auch nicht mit deren Aussehen) verrieb sie unauffällig eine Hundepfütze mit der Sohle und schickte den Verursacher mit einem kleinen, aber scharfen Tritt ins Freie. Sie bot Max etwas zu trinken an und überspielte seinen im Lande der Konversationskunst und des Ésprit unverzeihlichen Mangel, indem sie selbst für zwei redete. Als der debile Knecht erschien und mit seinem Lallen begann, übernahm sie seinen Teil auch noch, legte ein wenig Tempo zu und sprach mit Leichtigkeit für drei; über das Wetter hier und im nächsten Dorf, über die Kartoffelpreise hier und in Avallon. Doch die kleine, langhaarige Person, die Max suchte, war nirgends zu erblicken. Er dankte für alles, nickte zu allem, setzte sein freundlichstes Lächeln auf, machte die Gesten für langes Haar rings ums Gesicht und die Schultern. »Où est-elle?« fragte er.

Eine halbe Stunde später machte Max sich auf den Heimweg, leicht beschwipst von einem Wasserglas Pastis auf nüchternen Magen und leicht beschwert vom Sack auf seiner Schulter. Nach einem Kilometer, als im Sack alles ruhig blieb, nahm Max die kleine Dame, die darin saß, heraus und trug sie auf dem Arm. Sie ließ es sich gern gefallen, sie schnurrte sogar, krallte sich in seinem Ärmel fest und warf ihm schmelzende Blicke zu.

Ihr Fell war kakaobraun, mit breitem Federschweif und schwarzem Gesicht, aus dem die Augen so blau herausleuchteten wie die Müllsäcke aus dem Unterholz der Gegend. Ursprünglich hatte sie zu einem Campingwagen auf dem Grundstück neben Pasdeloup gehört. Im Winter verschwand die Familie, die Katze blieb aus irgendeinem Grund zurück. Als Max das nächste Mal vorbeikam, war sie zu ihren Nachbarn übergesiedelt. Ihre himmelblauen Augen glommen in Zementröhren und unter Heuhaufen hervor. Bald saß ihr Fell voll Filz und Kletten, der Schweif wurde lückenhaft; Schafe und Kühe stießen nach ihr, der Ganter versuchte sie zu beißen.

Doch an diesem Abend lag das Luxustier gefüttert und gekämmt neben Max auf dem Sofa und schnurrte, sobald er es nur ansah.

Beatrice kam ins Zimmer und zog den Walkman von den Ohren.

»Hier, für dich!« sagte Max, hob die Katze hoch wie ein Paket und überreichte sie.

»Oh, eine Perserkatze. Woher hast du sie?«

»Aus dem Dorf.«

»Geliehen oder gefunden?«

»Beatrice, ich würde doch kein Geschenk für dich *finden*. Sie ist gekauft und bezahlt.«
»Sie hat zweihundert Franc gekostet.«
»Woher weißt du das?«
»Seit heute morgen fehlen zweihundert Franc in meinem Portemonnaie.«
»So?«
»Ja.«
»Ach.«
Es entstand eine kleine Pause. Alle hatten sich jetzt versammelt und umstanden das neue Haustier. Erfreut beobachtete Max, wie Beatrice seinen kleinen Vorboten im Arm hielt, auf den Schoß nahm und streichelte. Beide sahen ganz zufrieden dabei aus.
»Wie soll sie heißen?«
»Poison d'avril.«
»Emilia Galoppi.«
Philo ergriff die Katze beim Schweif und hob sie hoch. Er setzte sie wieder hin. »Venustas«, schlug er vor, und dabei blieb es.
Venustas kam zu Max zurück, berührte ihn mit der Pfote, räkelte sich, rollte sich auf den Rücken und warf ihm von unten entzückte Blicke aus halbgeschlossenen Augen zu.
»Da! Da läuft eine Maus.«
»Ist das eine echte Maus? Bin ich froh, ich dachte schon, ich halluziniere«, sagte Lukas.
»Wozu trinkst du auch so viel Bordeaux in Burgund?«
Venustas öffnete ein schläfriges Auge, dann das zweite und verfolgte die Maus mit wilden gierigen Blicken, bis sie unter der Küchentür verschwand.

»Als Katze ist sie keinen Schuß Pulver wert«, meinte Dina.

Venustas rollte sich zusammen und schlief ein. Sie hielt sich weiterhin an Max. Sie ließ sich nicht so leicht verschenken.

Lukas saß in der Dependance im Nebengelaß auf dem Ausguck, den Farbkasten auf dem Boden, ein angefangenes Aquarell in Reichweite an der Wand. Das Bild zeigte die Aussicht durch die offene Tür mit Talhang, Torpfosten, Gartentor, Kiesfläche, Pfefferminzbusch und sogar die Schnur, die von der Türklinke in seine Hand führte, damit er die Tür bei Bedarf zuschlagen konnte. Er zog die Schnur und saß im Finstern. Er ließ sie locker, und sachte öffnete der Wind die Tür. Lukas verglich das Bild mit dem, was er sah. Einzelne Tropfen hingen vielfarbig spiegelnd als winzige gläserne Kugeln in den Zweigen. Lukas schwenkte den Pinsel im Wassereimer, der neben ihm stand. Die Bäume im Tal schienen weißlich überraucht vom Schimmer der Knospen, als qualmten Holzfeuer im Hang. Lukas versuchte, die Farbe ins Bild zu setzen. Es gelang natürlich nicht; es hätte gleich zu Anfang geschehen müssen. Er fragte sich, was die kleinen Striche am oberen Rand zu bedeuten hatten und wer sie wohl dorthin gesetzt hatte. Hier malte jeder nach Bedarf. Er hörte Schritte auf dem Kies und erschrak. »Besetzt!« rief er und riß an der Schnur, die Tür schlug zu. Jemand pflückte Pfefferminzblätter an der Mauer und ging zurück zur Küchentür. Lukas ließ die Schnur locker und atmete auf. Er schnupperte. Er glaubte Pot au Feu zu riechen, tupfte den Pinsel auf der Papierrolle trocken und beeilte sich, ins Haus zu kommen.

Die Erde drehte sich wie immer mit viel Schwung heraus aus der Nacht. Das Land der Kartesianer geriet in Schräglage ins Morgenlicht, und gleich beim Aufwachen begann sich auch Philos Universum lebhaft zu drehen. Ein neuer Tag kam durchs Fenster, ein frischer Schwall Zeit schwappte über ihn herein. Wie jeden Morgen fühlte Philo sich freudig bewegt beim Gedanken daran, was er heute alles denken und tun würde, oder tun und schreiben könnte. Jeder Tag bot seinem Geist unbegrenzte Möglichkeiten; oder, nach Art einer Gleichung ausgedrückt (denn Philo liebte die Präzision), je größer die Möglichkeiten, desto jünger der Tag; bis dann am Abend die Fülle alles dessen, was nicht gedacht und getan worden war, mit dem Licht zusammen wieder versickerte.

Philo schlief (und arbeitete) jetzt im Zimmer mit den roten Tapeten. Er suchte seine Brille und stieß sie vom Tisch. Über seinem Bett hing das Bild von Botticelli, das irgendein Barbar in der Dependance hinter den Holzstoß geschoben hatte.

Er horchte, ob die anderen schon wach waren, und hörte nichts. Plötzlich störte ihn die Muschelfahrerin. Sie war zu manieriert und zu fett. So, wie sie auf der Kante stand, hätte die Muschel längst kippen müssen. Er stand auf, nahm das Bild von der Wand und schob es unters Bett neben sein staubiges Manuskript. Er zog es nochmals hervor und drehte es um. Hoffentlich brachte es kein Unglück, Frauen kopfüber unters Bett zu stoßen. Lukas schlief spät ein. Er wachte früh auf. Wie konnte er über Nacht so schnell in den Morgen transportiert werden? Er sah aus dem Fenster, auf die breiten Blätter, die in der Morgenbrise an den Stengeln zerrten und rissen. Sie waren etwas zerfleddert, löchrig in der Mitte, raupenzerfressen. Wo waren die festen kleinen Frühlingsformen, die Keime und Sprößlinge? Sie waren schon so weit entfernt, als habe es sie nie gegeben. Lukas horchte auf das Kommen des Sommers. Bald würden statt des lappigen Geflatters kahle Zweige wieder winzige Knospen wiegen, in der harten kalten Winterhelligkeit.

Neben Lukas schlief Dina. Sie wohnten jetzt im Zimmer mit den blauen Tapeten. Ist die Zeit etwas Bewegtes? Fluktuiert sie? Bewegt sich das Herz, wenn es klopft, die Uhr, wenn sie tickt?

Er weckte Dina auf, um ihr seine Gedanken mitzuteilen.

»Komisch, daß man sich die Kalendermonate von links nach rechts kommend vorstellt und nicht im Uhrzeigersinn von rechts nach links.«

»Was? Wie spät ist es? Sag es mir nicht. Halb fünf?«

»Der wievielte ist heute eigentlich?«

»Freitag. Nein, Donnerstag. Könnte auch Samstag sein. Ist doch egal.«

Dina überlegte, ob sie aufstehen und Frühstück machen sollte. Sie horchte, ob die anderen schon wach wären, und hörte nichts. Sie legte sich wieder zurück und studierte die Palmen und Orchideen der Tapete. Federleichte Blüten und Blätter schwebten an schnurartigen Stengeln in einer imaginären Brise, wie Schleifen aus

Seidenpapier am Schwanz eines Drachen, geringelt, geschweift, gewellt, gebogen, in Rispen zerteilt. Aus den Knickpunkten der Stengel wuchsen neue Palmwedel und Weintrauben, jedes Rankensystem schräg nach oben versetzt mit einem kräftigen Ausläufer nach der anderen Seite. Zunächst sah man nur eine reizvolle Wildnis, deren endlose Abfolge über alle Zimmerwände hinweg etwas zutiefst Befriedigendes hatte. Dina ermahnte sich, diese Tapete mußte man geschmacklos finden. Die Palmstämme sahen aus wie Käferbeine. Sie folgte den Ranken mit den Augen. Überall gab es lose Enden, nirgends einen Anfang, nirgends Wurzeln. Nach einer Weile erst sah man die Ordnung in der unendlichen Wiederholung und die strenge Regelung von Chaos und Willkür auf großer Fläche. Es war eine alte Tapete, die sich von den feuchten Stellen der Wand gelöst hatte und Wellen schlug. Im Wiedereinschlafen fühlte Dina ihre Grundsätze wanken. Warum sollten Orchideen auf blauen Palmen geschmacklos sein?

Beatrice schlief jetzt im Terrassenzimmer. Aber hier würde sie nicht bleiben. Im Bett mit dem Kopfende zur Scheunenwand hin träumte sie nichts; die Inspiration des nächtlichen Orchesters fehlte ihr. Beatrice hatte, wie Philo, ihre kreativsten Stunden vormittags. Es war nur ohne Uhr schwer einzuschätzen, ob es schon so weit war. Draußen zeigte sich ein regnerischer Morgen, die Terrassensteine erschienen farblos-schwarz. Beatrice stellte sich vor, es sei sehr früh am Morgen, halb fünf, noch vor dem Hellwerden; genauso sah es aus. Sofort fühlte sie sich müde, unausgeschlafen, unaufgeräumt und hohl;

mit sich selbst nicht einig, denn um diese Zeit gehört man ins Bett. Die Wolken hellten sich auf, und Beatrice dachte, es könnte doch schon halb neun sein. Sofort fühlte sie sich wieder hellwach, tatkräftig, mutig, ausgeschlafen und leistungsfroh. Dieses Spiel wiederholte sie einige Male, denn wie Tag und Dämmerung wechselte das Tageslicht noch mehrmals hin und her.

»Gibt's noch kein Frühstück?«
»Es ist erst elf.«
»Ach was. Es muß viel später sein.«
»Hier! Schau her.«
»Ich hab keine Brille, sondern Hunger.«
»Er hat einen kleinen Zeiger für vorher und einen großen für nachher auf der Uhr.«
»Also. Wieviel ist es dann?«
»Kurz vor nachher.«
»Danke. Das wollte ich nur wissen.«
Philo, der noch nicht wußte, was für den Tag geplant war, trug beim Frühstück nur zwei Handtücher, ein schmales um die Schultern und ein breites um die Hüften. Es waren kardinalsrote Handtücher, und Philo sah sehr würdig darin aus. Er schubste die Katze vom Tisch.
»Für einen Ausflug nach Arcy-sur-Cure ist es schon zu spät.«
»Ist es nicht.«
»Frag Lukas. Der hat noch eine Uhr.«
»Zeig mal. Toll. Mit spiralförmigen Zeigern. Sind sie gegenläufig?«
»Klar, was sonst?«

»Laß Philo fahren, sonst wird ihm wieder schlecht.«
Philo war geschmeichelt. Es passierte nicht oft, daß man ihn freiwillig ans Steuer ließ. Der Relax fuhr sich weich und ziemlich schwammig, trotz der Torpedos, die rechts und links am Kühlergrill stramm nach vorne wiesen. Philo schaltete mit den unteren zwei Fingern, wie ein Rallyefahrer und gab Gas. Der Motor röhrte auf. Es war ein starker alter Wagen, dem fünf Passagiere gar nichts ausmachten. Auf der Straße nach Arcy-sur-Cure war wenig Verkehr. Philo experimentierte mit dem bulligen Motor. Der Tachometerzeiger pendelte um die Sechzig. Philo überlegte, ob er Meilen oder Kilometer anzeigte. Er warf einen Blick auf Lukas, der gleichmütig neben ihm saß, und trat den Gashebel durch. Der Motor verschluckte sich, blubberte, dann senkte sich der Wagen hinten ab und nahm Fahrt auf. In den Kurven streifte er mit der Seite fast die Straße. Eins der französischen Wappentiere wollte noch vor ihm den Misthaufen wechseln, und Philo trat auf die Bremse. Der Relax nickte, alle im Wagen verneigten sich, lauter höfliche Ausländer. Der Wagen schaukelte in seine Ausgangslage zurück, Philo gab Gas und ließ ihn losziehen. Er bremste nochmals nur zum Spaß; die anderen im Auto protestierten nicht und unterhielten sich, als ob ihnen gar nicht schlecht werden könnte –
»– eine barocke Baracke, um mit Volière zu sprechen.«
»Es war Voltaire.«
»Es war weder Voltaire noch Molière, es war Kant.«
Das Steuer hatte reichlich Spiel. Eine halbe Drehung rechts, eine links, und es passierte gar nichts. Philo fand Geschmack am Fahren.

Sonst reiste er meist im Bus oder in der Eisenbahn. Eine Minute vor der Abfahrt kam er an, nahm den erstbesten Platz, zog ein Buch heraus und las. Oft fuhr er rückwärts, fast ohne es zu merken. Hier dagegen sah er die Strecke kommen. Das Tüpfelmuster der Straße vor ihm verwandelte sich neben ihm in das Streifenmuster von billigem Linoleum. Philo suchte den Ort, an dem diese Veränderung stattfand – irgendwo schräg neben seinem Seitenfenster –, und fast wurde ihm schwindlig, als stehe er auf einer Brücke. Er rückte seine Brille höher. Die Straße verhielt sich wie ein Fließband mit eigener Dynamik: in der Ferne träge verharrend, dann zügig entgegen, neben ihm rasant vorbei. Vor den Kurven schien die Straße zu stocken. Ja, vor den Kurven stockte die Straße wie aufgestaut und schoß ihm dann doppelt so schnell, reißend entgegen wie ein Fluß in einer Biegung. Philos Seitenfenster wurde zu einer Art Vergrößerungsglas für den Schnittpunkt des Geschehens, für die Verflüssigung von dem, was sonst statisch erscheint, weil es so langsam fließt, daß man das Fließen nicht bemerkt. Die Landschaft vor ihm und die Landschaft hinter ihm lag still, wie gewohnt; es war der Augenblick des Vorbeirasens, die Gegenwart selbst, in der ähnlich unverständliche und unbegreifliche Dinge passierten wie im Zentrum einer Sanduhr. Dagegen war Fliegen im Flugzeug nur ein träges Kriechen über Grund. Philo setzte zu einem waghalsigen Überholmanöver an. Ein Schmetterling zerplatzte auf der Frontscheibe.

»Stopp, Philo, stopp! Rechts hat Vorfahrt.«

»Philo fährt wie Karl der Kühne.«

»Wie Johann ohne Furcht.«

»Weil er nichts sieht! Nimm ihm mal die Brille ab, damit er bremst.«

»Was fällt dir ein! Ich bremse nicht ohne Brille.«

Das einzig Stehende in diesem allgemeinen Fluß war seltsamerweise die Cure selbst, sie, die doch wirklich floß; im Vorbeifahren lag sie unbeweglich da, ein stilles glattes Band in der aufgerührten Landschaft, und ließ Uferbäume und -gesträuch an sich entlanggleiten.

»Heraklit steigt aus der Cure – hübsch, nicht?« sagte Philo.

»Wo?«

»Da und da und da.«

»Dadada. Mach mal das Radio an!«

Philo durchfuhr jetzt ein Wäldchen und ließ die Fläche in Wirbeln gegeneinander an sich vorbeistrudeln. Er kam wieder auf freies Feld. Die Äcker kehrten ihre Ecken gegen ihn und sausten ganz knapp vorbei.

Philo beugte sich über Lukas hinweg zum Handschuhfach und tat, als suche er etwas, um einen Blick aus dem rechten Fenster werfen zu können. Über den fernen blauen Bergen segelte der Tagmond und hielt immer bequem Schritt mit dem Seitenfenster. Philo setzte sich wieder aufrecht und sah nach vorn. Die Berge rechts und links drehten sich gemächlich voraus in Richtung ihres Zieles, der Höhlen von Arcy. Die übernächsten Felder drifteten nach vorn, die Felder beiderseits der Straße drehten mit den Ecken voraus zu ihm zurück.

Philo fuhr jetzt langsamer, denn dieses Doppeltsehen beim Fahren war anstrengend wie Schielen, wenn man ans Schielen nicht gewöhnt ist. Er fixierte die Weidepfosten und Reklameschilder vor sich. Sobald er näher kam, gerieten sie allmählich in Bewegung wie Holz, das in Ufernähe schwimmt, um dann im Augenblick des Vorbeifahrens mit kataraktartiger Beschleunigung nach hinten gerissen zu werden, außer Sicht. Nach einem Augenblick des Verschwindens tauchten sie im Rückspiegel in umgekehrter Reihenfolge wieder auf und bildeten eine stille, entrückte, ganz neue, nie gesehene Landschaft.

Die Alleebäume und Telegrafenmasten, die Halme und Brennesseln, die einzeln, unberührt, vor ihm standen, konnte Philo im Relax durchs Vorbeifahren allein wie mit gewaltsamsten Fußtritten auseinanderreißen und hinter sich schleudern. Häuser und Fabriken dehnten sich wie Gummi. Rätselhafte Dinge geschahen hier. Plötzlich fühlte Philo den Rausch der Geschwindigkeit als eine Art destruktiver Raserei. Der Relax dröhnte auf und schoß voran. Die Autos, die entgegenkamen, wurden mit solch halsbrecherischer Gewalt hinter ihn geschleudert, daß es den Insassen unbedingt das Genick brechen müßte, wenn es mit rechten Dingen zuginge; aber das tat es eben nicht, sondern man spürte nicht mehr als einen Luftzug. Philo nahm die nächste Kurve quietschend und mit leichtem Schleudern. Er wurde angehupt und kam wieder zu sich, aber nicht für lange.

»Da vorn essen wir zu Mittag«, sagte Lukas. »Nachher fahre ich.«

»Noch nicht, es ist zu früh«, sagte Philo. Obwohl sonst meistens hungrig, war er es diesmal gar nicht. Was er tat, war zu aufregend: Er war der große Beweger aller Dinge. Er brachte Fließgeschwindigkeit in ganze Landstriche, die sie ohne ihn nicht gehabt hätten, obwohl doch alle anderen Autofahrer dasselbe taten. Links vor ihm lag ein

Berg mit bewaldetem Rücken. Philo ließ den Berg aufstehen, sich strecken, erst vorn, dann hinten, sich drehen, wieder niederlegen und zusammenrollen, als sei es Venustas auf dem Sofa. Autofahren war das Aktivste, was er jemals getan hatte. Doch seltsam, niemand sagte etwas darüber, niemand wunderte sich, als wirke er im Unsichtbaren ganz für sich allein. Er rollte durch den nächsten Ort, Voutenay-sur-Cure, und ließ die Telefonleitungen langsam über sich hinwegschwingen.

»Hier müssen wir tanken. Nachher fahre *ich*.«

»Nein, nein. Es ist noch Benzin genug im Tank.«

Wer konnte sagen, ob die Dinge wirklich unberührt blieben, nachdem der Stoß der Zeit hindurchgefahren war? Philo spulte die Straße ab, die Landschaft füllte sich auf, drängte nach, eine neue, stille, nie gesehene nach dem Durchgang durch den Rückspiegel. Philo bremste, stoppte, wendete und fuhr zurück nach Voutenay.

»Was ist denn jetzt los?«

»Warum fahren wir zurück?«

Still, geordnet, beschränkt und verfestigt blieben die bereits bekannten Dinge hinter ihm, auch wenn dort Bewegung zu sein schien und Plätze gewechselt wurden. Ein Mädchen schob ein Fahrrad; eine Frau mit Einkaufstasche überquerte die Straße; aber im Rückspiegel traten sie auf der Stelle, weil sie in einen anderen Bereich, in die Vergangenheit, entrückt waren. Sie bewegten sich zwar, aber lediglich in der Fläche, als Teile eines Kaleidoskops. Vor sich sah Philo die Verringerung von Abständen, hinter sich die Dinge wie eingefroren, neben sich das Reißen der Gegenwart. Hier war mehr im Spiel als nur die Erscheinungsweisen des Materiellen. Es war der Strom der Zeit selbst, den er wie durch eine Lupe und

sozusagen im Querschnitt erblickte; und Philo erschrak vor der Gewalttätigkeit dessen, was er sah.
»Schubs den Mann vom Steuer. Es ist ja gefährlich, was er macht.«
»Ich hab' nie begriffen, wozu Bildungsreisen gut sein sollen. Ich interessiere mich gar nicht für Höhlen.«
»Für die Eiszeit auch nicht?«
»Die Cure arbeitet jetzt noch an den Grotten.«
»Und das Regenwasser an den Stalaktiten.«
Titten? dachte Max. Er saß auf dem Rücksitz zwischen Beatrice und Dina. Er legte beide Arme nach hinten und hatte unter jeder Hand eine Schulter, rechts Dinas wollige heiße und links Beatrices seidige kühle. Weißdorn und Kastanien standen in Blüte, die Rapsfelder streckten und blähten ihr Gelb über die Regeln der Perspektive weit hinaus. Abwechselnd morste Max die Sonne durchs offene Schiebedach ins Gesicht oder knallte ihm das Licht einfach in die Augen, um die Ohren. Die Blätter der Alleebäume flimmerten als unzählige kleine grüngoldene Spiegel. Das Laub in den Wäldern hatte noch Lücken, kahle Akazien und Eichen spreizten große Stücke Himmel auf, in der Schwärze zwischen den Stämmen stiegen Insekten wie Funken im Kamin zu Hause. Blatthülsen trieben als leichtes Schneegestöber herab. Kalte Düfte nach Pilzen, die es noch gar nicht gab, und schwüle nach Blüten wehten ins Auto. Philo, dieser halbblinde Idiot, sah davon natürlich nichts. Er fuhr genauso, wie Max es erwartet hatte, entweder schneller als er konnte oder grundlos langsam. Eben wieder zog sich eine Kurve zu, alle vier Reifen quiekten, auf dem Rücksitz wurde es schön eng. Es ging wieder geradeaus, und Philo bremste ab. »Kann diese Chaise-

longue nicht ein bißchen schneller fahren?!« rief Max nach vorn.
»Ich hab' was im Auge«, erklärte Philo hintersinnig und fuhr noch langsamer.
»Diesmal halten wir hier und essen«, bestimmte Lukas. Gestreifte Markisen und Stühle, auf denen man ruhig und sicher sitzen konnte, leuchteten zu ihm herüber.
»Sei still, ich mache eine Entdeckung.«
»Er macht eine *Entdeckung.*«
»Hauptsächlich fährt er in die falsche Richtung.«
»Was entdeckst du bloß? Gib uns doch mal einen Hinweis.«
»Da – und da –«
»Aha. Trotzdem will ich mein Auto heil zurück. Laß mich jetzt fahren.«
»Gleich. Ich hab's gleich.« War die zeitliche Dimension etwas in der Landschaft Ruhendes und immer vorhanden? Traten solche chronotopischen Erscheinungen nur für Reisende zutage? Philo wurde plötzlich unsicher. Er bremste scharf ab, legte den Rückwärtsgang ein und gab Vollgas.

»Wir sind in einen Hochspannungsmast geknallt. Nichts wie weg hier!«
»Philo, du Vollidiot. Das hat er mit Absicht getan!«
»Schnell weg hier, bevor die Polizei kommt. Ein Rücklicht ist hin.«
Philo besah sich den Schaden. Er war fassungslos. Er begriff überhaupt nicht, was jetzt wieder geschehen war. Plötzlich, als das Getriebe noch krachte, waren sie alle nach rückwärts gesprungen – aber wohin da? Über sich

hörte er fremde Geräusche, Knistern und Zischeln. Wieviele Dimensionen hatten jetzt wieder zugeschlagen – ein metaphysisches Element dazu?

»Ich muß nachdenken«, sagte Philo und setzte sich ins Gras.

»Was ist jetzt los? Ist dir wieder schlecht?«

»Los, wir müssen ihn ins Auto schaffen. Pack mal mit an.«

Philo wehrte sich, doch es nützte ihm nichts. Eingeklemmt zwischen Dina und Beatrice auf dem Rücksitz fand er die Spur nicht mehr, die Fährte war abgerissen. Max fuhr. Alle redeten so laut und aufgeregt durcheinander, über Fahrerfluchten, Rücklichter, Unfälle und andere Lappalien –

»Max hat doch keinen Führerschein.«

»Hatte aber.«

»Hat aber nicht« –

daß Philo an diesem Tage wieder keinen klaren Gedanken fassen konnte.

»Könnten wir nicht Zimmer tauschen? Max nagt nachts seinen Bettpfosten an aus Sehnsucht nach Beatrice.«
»Beatrice nagt auch, aus Sehnsucht nach ihrem Pariser Freund.«
»Ts, ts. Pariser? Wozu braucht Beatrice denn so was?«
»Also die zwei sind das? Ich dachte immer, die Siebenschläfer sind es.«
»Nein, nur die zwei.«
»Interessant. Hier steht, das Schräge ist das Gerade wegen der Erdachse.«
»Dann müßten alle Geraden Schrägen sein.«
»Dann müßten wir ein Bein kürzer und eins länger haben.«
»Ja, solche hab ich auch schon gesehen.«
»Max parfümiert sich nachts das Kopfkissen mit Beatrices Parfum und nimmt es dann ganz fest in die Arme.«
»Ts, ts, ts. Woher willst *du* denn das wissen?«

Max lag im Bett. Er betrachtete seinen Fuß. Er besah sich die Knöchel, die lange schlanke Form des Fußes, die Zehen, die blassen Nägel. Es war ein hübscher mittelgroßer Fuß wie der von Beatrice, wenn man sich die dunklen Ecken unter den Nägeln weg- und rosa Nagellack hinzudachte.

Max stand auf. Er wohnte jetzt oben im hinteren Zimmer. Dem Fenster gegenüber hing ein großer Spiegel als zusätzliche Lichtquelle. Max ging vorbei und stoppte. Er sah über die Schulter zurück in den hellen Spiegel, auf den mageren gebräunten Rücken; ein Rücken, wie Beatrice ihn haben könnte. Max kannte Beatrices Füße recht gut, weil sie Sandalen trug, aber ihren Rücken nicht. Er ging weiter, beugte den Kopf und schnupperte in seine Achselhöhle. Er stank. Dann versuchte er zu riechen, was jemand anders, Beatrice, dort riechen würde, und ein gesunder, männlicher, bitter-beizender Geruch stach ihm in die Nase. Er setzte seinen Weg ins Badezimmer fort. Dort stand eine Flasche Nagellack. Er trug die Farbe auf den Nagel seines kleinen Fingers auf.

Max betrachtete kritisch seine Hand. Es war eine kurze breite kräftige Hand und hatte wenig Ähnlichkeit mit Beatrices langer blasser, die knochenlos aussah wie gekochte Spaghetti. Max' Fingernägel waren eingerissen und abgebrochen. Er nahm den Deckel der Lackflasche und bemalte sich den kleinen Finger rechts. Er stellte die Flasche weg und strich sich mit Beatrices Hand über die Wange. Sie war rauh, als streichle er (oder sie) einen Hai. Max wurde ganz aufgeregt, so interessant war es. Wenn er sich weit genug vorbeugte, hatte er sogar einen kleinen, schwarz behaarten Busen. Max sah weiter an sich herunter. Manches mußte man sich natürlich wegdenken, es paßte gar nicht. Männer haben die schöneren Beine, sehniger, länger, schlanker, auch der Rücken ist schöner, durchgestaltet, muskulös; auch die Arme, die

Hände – also, was fehlte ihm? Nach was sehnte er sich? Sex allein war's nicht.
Er trug Beatrices Deodorant auf. Beatrice hatte weiße glatte Achselhöhlen, er dichte braune Büschel – sollte er sie abrasieren? Er entschied sich dagegen. Zu sehr gefiel ihm diese Männerzier. Nichts an ihm war zu lang und nichts zu kurz, nichts zu fett oder zu schmal; alles an ihm war gerade richtig und zweckmäßig gebaut, alles funktionierte wie es sollte. Man hätte sogar sagen können, er sei schön, aber der Begriff ›Schönheit‹ verlangt einen Betrachter, und der war nicht da, und einen anderen, der diese Schönheit achtlos vor hungrigen Augen spazieren trägt. Wenn er sich also mit Beatrices Augen sehen könnte, dann müßte er doch zufrieden sein?
Beatrice sah ihn keineswegs bewundernd an. Doch selbst wenn sie es tun würde (und dies war nur eine Frage der Zeit, dachte Max), bliebe er von der Brust abwärts ein Körper, vom Hals aufwärts ein Fenster. Die anderen sprachen in das Fenster und agierten vor dem Fenster, und jemand hinter dem Fenster, ein Unbekannter, sprach und agierte unsichtbar zurück. Immer fehlte etwas. Sein Bild im Spiegel ließ ihn völlig gleichgültig. Er wollte etwas anderes – den Blick durch fremde Augen? Auf wen? Auf sich selbst doch nicht? Auf die ganze Welt vielleicht?
Max warf Beatrices Seife ins Badewasser. Er stieg hinterher und benutzte sie ausgiebig. Dann setzte er, Beatrice, seine Toilette mit Parfum und Shampoo fort. Dazu brauchte er noch den Fön. Sein Haar war inzwischen fast so lang wie das von Beatrice. Frauen, das demütige Geschlecht. Das Haar in die Luft zu fönen war das einzige, was sie in die Höhe brachten. Dreimal am Tage

saßen sie demütig dem Boden zugekehrt da. Wieviel Zeit wurde da vertrödelt nur durch Sitzenbleiben! Max kannte das von der Dependance, wenn er mit der Schnur in der Hand die Tür geduldig auf- und zuklappen ließ und die Luft kühl, dann wieder lau unter ihm hindurchstrich. Es war wie Kabriolettfahren im Stau, nur andersherum.

»Wo ist Max?«

»In welchem Geschlecht tritt er heute auf?«

»Ach, da kommt unsere Mäxin.«

»Küß die Hand, Madame.«

»Max riecht wie ein Himbeerbonbon.«

»Er ist aber keins, verlaß dich drauf.«

Max war heute mit Geschirrspülen dran. Er band die Rüschenschürze um, die zu dieser Tätigkeit gehörte, und knotete die Bänder hinter dem Hals. Im Küchenspiegel sah er, was er immer sah, aber diesmal betrachtete er sich mit Beatrices Augen. Er hatte kleine engstehende braune Augen, die scharf und angespannt blickten, und dichte gerade Brauen, die sich über der Nase gegeneinander sträubten. Beatrice sah die Welt aus runden bleihellen Gazellenaugen in einem langen Gesicht mit fast unsichtbaren Brauen. Auch ihr Ausdruck war von seinem ganz verschieden, nach innen gerichtet oder horchend, als wüßte sie nicht recht, wo sie sei oder befinde sich in Gedanken woanders. Sie war nur äußerlich anwesend und innerlich weg. Sie ließ sich die Welt von Musik verbrämen und kommentieren und lief umher wie eine Schlafwandlerin, entrückt wie ein weiblicher Gilles von Watteau.

Das Bild hing jetzt beim Küchenschrank. Nichts blieb an seinem Platz in diesem Haus. Die Sonne beleuchtete schon die ganze Länge der Knopfreihe. Mindestens fünf Knopfabstände hatte Max beim Abwaschen vertrödelt. Er rieb einen weiteren Teller blank. Gilles hatte ganz den Gesichtsausdruck von Beatrice, wenn sie auf Fragen nicht antwortete, eingelullt, listig oder belustigt; viel rätselhafter als das alberne Lächeln der Mona Lisa.
Max trat noch näher und spiegelte sich im Glas. Der nebelweiße Anzug sah aus, als könne er, Gilles, seine Gestalt jederzeit ändern, beneidenswert. Mit den breiten Hüften und Ärmeln, der schlaffen Krause und den hängenden Taschen wirkte er halb aufgepumpt, halb luftleer; außerdem eingeschläfert, als höre er unter der Kappe Meditationsmusik. Im Gegensatz zu ihm funkelte das Eselsauge so wild, daß drei der Komödianten vor dem Tier zurückwichen.
Draußen ging Beatrice vorbei und stieg zu den anderen ins Auto. Das Frühjahr hatte sie und Max noch mehr getrennt, ihn noch mehr verdunkelt und gebräunt und sie hell gelassen, in ihrer blassen Winterhaut.

»Max steht wieder vor dem Spiegel.«
»Narziß läßt grüßen.«
»Ich glaube nicht, daß es das ist. Er hat Lidschatten auf dem einen Auge und auf dem anderen nicht.«
»Vielleicht übt er sich als Modell für ›Dame in Kittelschürze und mit Schleife‹.«
»Für Lukas?«
»Ach was. Mann allein zu sein genügt ihm nicht, er will alles sein.«

»Fantasiebegabt, wie? Ist unser Max.«
»Dazu braucht er doch nicht die Nägel zu lackieren.«
»Jetzt fehlt nur noch Venustas' Flohpuder für seine unrasierten Wangen.«
»Hübsch wäre er dann.«
»Irgendwie ist er mir unheimlich. Vielleicht übt er Kriegstänze, wenn keiner hinschaut.«
»Er studiert den Unterschied zwischen ›essentia‹ und ›accidentia‹. Ich wußte gar nicht, daß er sich für Scholastik interessiert«, sagte Philo.

Endlich waren alle weg, um was zu suchen – Walderdbeeren? Max scheuerte die Töpfe mit Sandpapier. Dann schrubbte er die Steinböden, bis die Knie weh taten und der Rücken schmerzte. In der Schürze setzte er sich aufs Sofa und betrachtete die glänzenden Steinplatten mit Beatrices Augen. Ja! Sie sollte nur kommen. Ihre Arbeit war getan.

Beatrice putzte sich die Zähne, bis das Zahnfleisch blutete, legte Make-up auf, Rouge, Puder, Wimperntusche, Lippenstift, kämmte das noch feuchte Haar, zog frische Wäsche an und einen Rock. Das erste Problem war die Bluse. Die eine war alt, die andere fleckig, die dritte paßte in der Farbe nicht. Beatrice wühlte im Koffer. Schließlich befestigte sie die fertige Vorderseite des Pullovers, den sie gerade strickte, mit gekreuzten Wollfäden auf dem Rücken. Wenn sie die Jacke nicht auszog, würde es niemand merken. Sie stülpte eine Schachtel um und wählte als Accessoires gläserne Halbmonde und kleine goldene Sterne im Strahlenkranz. Sie klemmte die Clips an die Ohren und in den Gürtel, betrachtete sich kritisch, wechselte um, setzte einen Mond ins Haar und einen auf die Pumps und taxierte ihre Erscheinung, so gut es ging, im kleinen, von Wasserdampf beschlagenen Badezimmerspiegel. Verrückt, aber für heute vielleicht richtig. Sie erneuerte den Lippenstift, den Lidschatten, den Puder, entdeckte eine Laufmasche und brach in Tränen aus. Der Lippenstift paßte nicht zum Pullover und der Pullover nicht zum Rock. Plötzlich beneidete sie Max, Lukas und die Männer überhaupt, die an ihr Aussehen keinen Gedanken zu verschwenden brauchten – den ganzen Tag gemütlich in der eigenen Dunstglocke, in fadenscheinigen, uralten Kleidern, ungewaschen, ungebügelt, unfrisiert oder sogar kahl, rasieren nur nach Bedarf oder gar nicht, je nach Laune unchar-

mant und harsch; Schönheit spielte keine Rolle. Sie dagegen mußte sich aufzäumen und aufschirren wie ein Pferd, um Zugarbeit zu tun; freundlich, hübsch und verständnisvoll, eine Wohltat für das fremde Ego.
Nun fing es auch noch an zu regnen. Auf Zehenspitzen ging sie über den Kies, um die Absätze nicht zu beschädigen. Als sie das Gartentor erreicht hatte, waren ihre Schuhe naß, Kletten saßen in den Strümpfen, die Hände wurden schmutzig vom Toraufstemmen. Der Wind riß ihr einen Flügel aus der Hand und schmetterte ihn mit Wucht zurück auf den Kies. Er saß fest und ließ sich nicht mehr bewegen. Beatrice ging in die Dependance, holte die Axt, entfernte eine Spinne vom Ärmel und den Staub vom Rock, hieb das Tor los, hängte es ein, warf die Axt ins Gras und säuberte sich Hände und Schuhe mit nassem Efeu. Ein niedriger Ast zerfingerte ihre Frisur. Weinend setzte sie sich in den Relax und fuhr los.
»Beatrice ist auch ein schräger Vogel.«
»Von der Muse gebissen.«
»Total anämisch.«
»Ein Siebenmonatskind, mit Stromausfall im Brutkasten.«
»Jedenfalls ist sie kein heuriger Hase. Sie hat auch schon ein paar Reitstunden hinter sich.«
»Komisch, daß man von ihr nichts hört.«
»Was soll man denn von ihr hören?«
»Musik.«
»Nicht, wenn sie ganz leise gestellt ist.«
»Was hört sie denn?«
»Purcells Fünfte und so was in der Art.«
»Wo sie selbst so farblos ist, liebt sie das Bombastische.«

»Sie ist fad wie ein Schluck Wasser.«
»Flach wie ein Brett.«
»Dünnblütig. Unterernährt.«
»Was ihr fehlt, ist mal ein richtiger –«
»Genau. Dann hätte sie endlich warme Füße.«
»Ihr seid so rüde. Vergleicht euch mal mit dem sanften Max.«
»Max ist nicht sanft. Max ist brutal. Wißt ihr, daß er einen riesigen Revolver in seinem Koffer hat?«
»Sie beachtet ihre Umgebung überhaupt nicht, so wie jemand auf der Autobahn die Gegenfahrbahn.«
»Solange alles normal läuft.«
»Hoffentlich kommt sie heil aus Paris zurück, mit meinem Relax.«

»Max! Wie viele Eier hast du noch?«
»Zwei, wie immer. Warum?«
»Idiot. Ich meine, wieviel Franc.«
»Dreißig.«
»Ich meine nicht in der Tasche, sondern überhaupt.«
»Dreißig.«
»Dann gib sie her. Wir müssen einkaufen. Philo!«
Philo hörte nichts. Er saß in der Dependance und dachte über den locus purgatorius nach. Zwischendurch erneuerte er die Striche und Punkte auf dem Bild, die jemand übermalt hatte.
»Lukas! Wieviel Geld hast du noch?«
»Nichts, eigentlich. Frag mal Beatrice.«
»Beatrice ist spazierengegangen.«
Dina wartete auf Philo.
»Philo, kannst du mir fünfzig Franc geben?«
»Nein. Warum bloß fünfzig?«
»Für Petersilienschinken. Sonst bleibt's bei Honigbrot mit Käse.«
»Kannst du mir deine Brille geben? Was habe ich hier? Ist das ein Zehn-Franc-Stück?«
»Nein, zehn Pfennig.«
Beatrice kam zurück, einen dicken Strauß Wiesenschaumkraut in der Hand. »Was gibt's denn heute mittag?«
»Nichts, eigentlich.«
»Kann man nicht aus Eiern und Äpfeln etwas machen?

Vielleicht zusammen mit der Dose Ölsardinen, die noch da ist.«
»Philo! Kochen ist eine Kunst und eine Wissenschaft in Frankreich. Wie lange sind wir jetzt schon da?«
»Ich weiß nicht. Wie lange bleiben wir noch?«
»Wie lange bleibst du noch?«
»Wie lange bleibt ihr noch?«
»Wenn das Geld reicht, bleiben wir noch eine Runde.«
»Eine runde was?«
»Eine runde Woche mindestens, oder einen Monat.«
»Leute, dann muß etwas passieren.«
»Wieso kommt eigentlich der Einkaufswagen nicht mehr?«
»Wieso kommt er nicht?«
»Gestern hat er drüben gehupt, und heute ist er nicht gekommen.«
»Dina, du könntest uns doch einen Scheck ausstellen.«
»Schecks sind aufgebraucht.«
»Dann müssen wir den Vertex verkaufen.«
»Nein! Der Vertex gehört Herrn Deuss.«
»Lukas' Laube brauchen wir noch, zu fünft.«
»Wir könnten die Katze verkaufen.«
»Nein, das kommt auf keinen Fall in Frage«, sagte Beatrice und schob den Walkman zurück auf beide Ohren. Max wurde hitzig, Dina heftig, Lukas vermittelte, Philo ereiferte sich. Alle redeten und gestikulierten durcheinander, dann sahen alle zu Beatrice herüber. Sie schaltete sich wieder ein.
»– hat auch Scheuklappen auf dem Portemonnaie«, keifte Dina.
»Ich habe gestern einen Freund von mir in Paris besucht«, sagte Beatrice. »Er ist Deutscher. Er heißt Chri-

stian. Er hat eine Galerie. Ich dachte, er könnte eins von Lukas' Bildern kaufen. Er will bald mal kommen und sie ansehen.«

»Meine Bilder? Welche denn?«

»Die du inzwischen hier gemalt hast.«

Ein Schweigen entstand.

»Vielleicht, wenn du diese Woche noch anfängst –«, meinte Dina mit eisiger Güte.

»Ich dachte mehr an das Bild in der Dependance«, erklärte Beatrice.

»Das verrückte Bild? Unser Gemeinschaftswerk?«

»Genau.«

»Was willst du dafür verlangen?«

»Zehntausend Franc.«

Es war der Witz des Tages.

In diesen Wochen nahm die Sonne in sichtbaren, langen, kraftvollen Zügen zu (und der Mond in nächtlichen, kurzen, ruckhaften – wie ein guter, ausdauernder Schwimmer am Himmel und ein schlechter); die Sonne wurde immer größer, heller, höher und heißer.
»Gehn wir baden zum Barrage du Crescent?«
»Nein, keine Zeit.«
Auf dem Land herrschte sonntägliche Stille. Das Getreide stand kniehoch neben leeren Wiesen. Lange Heusträhnen, die Wind und Zweige von den Wagen gekämmt hatten, säumten die Straßen. Auf den Treppen und Torpfosten der Dörfer strotzten fette Kakteen. Die Touristen wurden zahlreicher, in den Läden rückte der billige Sekt von hinten im Regal ganz nach vorn, zu verdoppelten Preisen, und das Maison de la Presse prangte mit einem internationalen Zeitungsangebot.
Aus der Dependance beobachtete Max einen Raubvogel über dem Tal. Er legte die Flügel an und fiel wie ein verfrühtes Herbstblatt ins Gras. Max setzte ihn mit zwei Strichen ins Bild. Die Glockenblumen im Garten hatten sich bis zum Äußersten geöffnet. Die Blüten des Fingerhuts waren schon am obersten Ende der Stengelskala angekommen. Max sah ein, daß dies seine malerischen Möglichkeiten überstieg. Andererseits fand er das Bild zum Verkaufen noch zu dünn. Zur allgemeinen Überraschung meldete er sich freiwillig zum Kochen, und alle freuten sich.

Zu jeder Mahlzeit kochte Max Tütensuppe. Dafür stemmte er den Deckel vom Brunnen und schöpfte das grünliche Wasser. Er achtete darauf, daß es beim Heißmachen nicht kochte. Das Ergebnis schmeckte merkwürdig, und Max besserte es mit Kräutern aus dem verwilderten Garten auf. Jetzt versperrten schulterhohe Brennesseln den Weg, das Bachbett war glitschig von Moos und fettem Schlamm. Der Wald war still und blumenlos, nur die Akazien trugen Blütendolden, die wie nasser Schnee, der nicht fallen kann, an den immer noch fast kahlen Zweigen klebten. Darunter hingen die verbrannt aussehenden Schoten vom letzten Jahr. Dauernd trat der Sommer dem Frühling auf die Fersen und der Winter schon dem Herbst.

»Versucht bitte alle, in der Art von Cézanne weiterzumalen«, mahnte Philo beim Essen, »in der Komposition ist das Bild noch zu uneinheitlich. Nimmst du noch Suppe?«

»Danke, nein«, sagte Max, senkte die Nase in die Tasse und ließ die Flüssigkeit durch die Zähne zurückrinnen. Zufrieden sah er zu, wie die Besuche in der Dependance sich häuften.

Beatrice trennte sich plötzlich von ihrem Walkman, verstaute ihn in einer Schublade und schloß ab. Sie unternahm keine Spaziergänge mehr, sondern lag im Liegestuhl unter dem Nußbaum, Papier und Bleistift auf dem Schoß und mit einem Gesichtsausdruck, als horche sie auf etwas Bestimmtes. Wenn Max mit ihr redete, unterbrach sie sich manchmal mitten im Satz für ein oder zwei Atemzüge und sprach dann weiter, als sei nichts

geschehen. Zum ersten Mal fragte sich Max, ob sie vielleicht schizophren sei. Hörte sie innere Stimmen?
»Was ist los?«
»Was?«
»Ich dachte gerade, du hörst etwas.«
»Tue ich auch. Es ist nur ein Vogel. Ich dachte schon, das Telefon gluckst.«
»Es ist doch immer jemand im Haus.«
»Ich muß aber selber mit Christian sprechen.«

Die Tage vergingen, es wurde heißer. »Wo bleibt denn nur Lukas?«
»Läßt den Pinsel pfeifen.«
»Dauernd sitzt er da drin im Quartier de noblesse.«
»Wie steht die Tür?«
»Offen.«
»Dann malt er noch.«
»Max, du kochst aber auch eine echte Plumpsküche in letzter Zeit.«
»In den letzten Tagen. Richtig eschatologisch.«
»Ein Skatologe.«
»Skat? Warum nicht? Lukas –!«
»Nein, ich wollte sagen, du kochst wie ein Koprophiler.«
»Ein Liebhaber von Fäzes in Arkadien. Damit verdienen wir schließlich unser Geld in Frankreich. Gib mal den Sprudel rüber!«

Die Sprudelflasche zischte, ein Liegestuhl knarzte, das Gespräch verstummte. Mit der Schnur in der Hand verengte und erweiterte Lukas den Bildausschnitt, wie man auf einem Bild das Passepartout hin- und herschiebt. Er sah Max dösen, Dina einschlafen und Bea-

trice vor sich hin träumen. Auch Philos Augen schlossen sich unter der Wucht seiner Gedanken, während der Wind ihm das Hemd aufblies und die Zehen kühlte.
Alle waren krank, aber längst nicht so krank wie er. Für sich rechnete Lukas mit dem Schlimmsten. Wenn er nicht Typhus hatte, dann war es Ruhr. Er krümmte sich unter schneidenden Schmerzen. Wieder wurde ihm schwarz vor Augen, in seinem Leib brannte es wie Feuer; beinahe wäre er ohnmächtig geworden. Er legte den Pinsel weg und wartete, ob ihn ein Schwächeanfall zu Boden strecken würde, in Staub und Holzmehl, zurück zum Kriechen der frühen Tierwelt. Das erste, was man aufgibt, ist der aufrechte Gang. Im angrenzenden Raum stand neben leeren Blumentöpfen, Gartenschlauch und Gießkanne ein ungemachtes Feldbett. Dort schlief er derzeit selbst. Es roch säuerlich nach Moder und Kanalisation und dem stechenden Geruch seiner Krankheit. Vermutlich war dies sein letztes Bild, sein Vermächtnis an die Welt. Vielleicht gab das poröse Aquarellpapier von sich aus einen Hauch von der Atmosphäre seiner letzten Umgebung wieder, falls ein Betrachter, der kurzsichtig war, nahe genug herantrat. Außerdem verlangte das Bild einen breiten schwarzen Rahmen, wegen der Höhlendämmerung hier drin und dem lichten Tag dort draußen. Lukas mischte etwas Grün mit Blau. Inzwischen war man zu Acrylfarben übergegangen.
Lukas malte mit vielen Unterbrechungen. In den Pausen hatte er Muße zum Nachdenken – über die conditio humana im Besonderen und die allgemeine Abgabepflicht, an den Wegezoll, der jedem Geschöpf abverlangt wird, jeden Tag neu und immer erdwärts zu, damit man nicht vergißt, woher man kommt, gar nicht gerechnet die

vielen lästigen Kleinbeträge wie Schweiß und Schmutz, Ohrenschmalz und Schuppen. Und am Ende dann die große teure Rechnung, deren Begleichung einen leer und blankgefegt zurückläßt, nach Schmerz, Angst, Krankheit und Kachexie der endgültige Konkurs, die tödliche Pleite. Die abgemagerten Gestalten fielen ihm ein, die er in Autun – oder war es Reims? – über dem Portal hatte sitzen sehen, nackt auf dem Rand von Sarkophagen, genau wie er jetzt hier saß. Lukas wischte ab, was er gemalt hatte, und versuchte es neu. Noch lebte er, dazu verurteilt, Materie abzuwerfen und selbst grabwärts zu sinken, fallsüchtig wie jeder Körper der schwarzen tiefen Mitte zu. Er stöhnte, zog die Schnur und saß in Grabesdunkel, in starker physischer Bedrängnis, in der Fremde, in der Wildnis, bei einem wildfremden Volk, während im fernen Deutschland nun die Glocken für andere Künstler läuteten.

Hoffentlich erwies sich Beatrices Galerist als geeignet für dieses Bild. Vielleicht war er alt und vertrottelt und sah nicht so genau hin. »In welchem Stil malen Sie?« – »In welchem Stil fragen Sie? Sozial-theologisch, anthropomorphistisch-universal, medizinisch-dekonstruktivistisch oder pathologisch-abstrakt? Dies ist alles noch im Fluß. Und die Art, die Farbe aufs Papier zu setzen, ist für alle gleich.«

»Das ist Ruhr.«

»Ruhr? Wieso Ruhr?«

»Wieso nicht Ruhr?«

»Ruhr ist ansteckend. Wenn du es hast, muß es jemand zuerst gehabt haben.«

»Hat hier sonst noch jemand Ruhr?«
»Wo ist Dina?«
»Sitzt und malt.«

Philo beobachtete beim Kochen, wie eine der Collivarianten aus St. Martin ganz allein die Straße herabkam. War heute Sonntag? Der Hund unterbrach seinen Trott, um mit viel Zungenschlagen, Kauen, Schmatzen und geräuschvollem Aushusten die lanzettförmigen Gräser am Straßenrand abzuweiden. Waren sie eßbar? Der Hund tauchte ins Getreidefeld ein, ließ die Halme über sich zusammenschlagen und bewegte sich als kleiner, isolierter Strudel hangabwärts. Waren Mäuse eßbar? Was war eigentlich in den teuren Dosen mit Katzenfutter drin? Philo füllte den Pfefferstreuer mit zerstoßener Tierkohle und würzte ausgiebig, denn die Folgen von Max' Kochkunst waren noch nicht ganz überstanden.
Lukas kam in die Küche und hob den Topfdeckel. Er sah leidend und eingefallen aus wie ein Schiffbrüchiger, die unrasierten, vorher so feisten Wangen schlaff, die Augen fiebrig glänzend, ganz der glaubwürdige Maler eines bedeutenden Bildes. Aufmunternd wies Philo nach draußen auf den Fingerhut. »Dieses Inkarnat! Das Inkarnat –«
»Ich weiß schon, das Rosa.«
»Setz es ins Bild.«
»Mach du's.«
»Ich male viel zu schlecht.«
»Nichtkönnen ist oft besser als Können, wenn beim Können nachher nichts Besseres drauf ist als nur ein

platter rosa Fingerhut. Wo bleibt da die Transzendenz?«

»Fingerhut platt? Man denkt immer, er braucht einen soutien-gorge.«

»Einen? Zwanzig.«

»Mein Gott, seid ihr ordinär«, sagte Dina von nebenan.

»Ja, er hat uns so gemacht.«

»Was sollen wir kochen, wenn Christian kommt?« fragte Philo beim Mittagessen. Es gab gedämpften Sauerampfer und Brennesselgemüse. »Wenn er kaufen soll, braucht er was Solides.«

»Schnecken bourguignonnes, Petersilienschinken, Entrecôte charollais, die lokalen Spezialitäten eben.«

»Hast du Geld?«

»Solange Venustas noch fett ist, könnten wir Katzenpfeffer –«

»Ich esse keinen Katzenpfeffer. Bin ich Gil Blas?«

»Mit gemahlenem Kümmel und ein paar Messerspitzen Zimt –«

»Nein! Nein! Nein.«

»Sag einfach, wir sind Vegetarier.«

»Ich dachte an asiatisches Rindfleischragout.«

»Mit den Maden aus dem Käse?«

Das Telefon gluckste. Alle erstarrten. Meistens war es eine Fehlverbindung. Aber diesmal schrillte es los, mit der in Frankreich üblichen Dissonanz, von der man nie weiß, ob es ein Mißklang ist oder nicht. Beatrice erschrak. Alle sahen sie an. Ihr wurde kühl in den Ohren, tief innen kalt auf den Trommelfellen. Ihr wurde schwach, fast schlecht. Max ging schließlich hin und nahm den Hörer ab. Es war Christian.

Christian kam tatsächlich. Er fuhr ein Auto wie ein Scheich. Er hatte eine Freundin dabei, Claire, die kein Wort deutsch sprach. Er rollte gegen Abend an, begrüßte Beatrice mit einem Kuß auf die Wange und die anderen mit herzhaftem Händedruck, schlenderte in hellvioletten Rehlederhosen ums Haus und bewunderte die Aussicht. Sein Seidenhemd war ein wenig zu eng, es klaffte über der Brust und zeigte ein Medaillon, eingebettet in graue Wolle. Von der Dependance hielt man ihn fern, aber Christian dachte gar nicht daran, dort hineinzugehen. Zunächst fragte er nicht nach Bildern, sondern sprach über Paris und Monte Carlo und Nizza und sein Appartement in New York. Die Gruppe tauschte Blicke, Philo stieß Beatrice in die Seite und flüsterte ›*zwanzigtausend*‹! Aber Beatrice schien nichts zu hören und verharrte einsilbig. Claire war höchstens achtzehn, äußerst chic und hatte schwül verrauchte Augen und gerötete Lider. Ihr buschiges, offenes, fuchsrotes Haar hing tief in den Rücken. Viel öfter als nötig warf sie es zurück. O Gott, dachte Max. Fast hätte er Mitleid mit Beatrice gehabt, doch so selbstlos war er nicht. Christian hatte eine schief geschlagene Nase wie ein Boxer und redete ununterbrochen, mit einem leichten Kölner Akzent. Mit seiner niedrigen Stirn und den dichten schwarzen Haaren sah er aus wie ein Zuhälter, dachte Max.

»Haben Sie einen Bullterrier?« fragte er und hörte endlich auf, ihn anzustarren.

»Ich? Einen Bullterrier? Nein, warum? Ich habe überhaupt keinen Hund.«
Claire schien nur zufällig dabei zu sein, Christian beachtete sie überhaupt nicht oder sprach in der dritten Person von ihr, als sei sie nicht im Zimmer. »Hat sie nicht herrliches Haar?« fragte er Max. Claire beschäftigte sich mit Venustas, mit der sie französisch sprechen konnte. Claire und Christian hatten eine Unterhaltung einfach nicht mehr nötig, und Max bemerkte, daß Beatrice sich zusammenriß. Ihre Stimme wurde laut, ihre Augen blitzten, sie sah jedem herausfordernd ins Gesicht. Sie war wütend, und Max freute sich.
Christian saß auf dem Sofa, das man später als Bett für ihn und Claire zurechtmachen würde, denn offensichtlich beabsichtigte er zu bleiben. Aus der Küche drang Geklapper und Geflüster von Lukas und Dina. Lukas fuhr im Auto weg, Dina deckte den Tisch in einem noch nie gesehenen, dekolletierten und zerknüllten Kleid, offenbar von ganz unten aus dem Koffer. Sie stellte Kerzen auf den Tisch und sogar Blumen. Max überlegte, ob man Christian mit altbackenem Brot, zerflossenem Camembert und algerischem Rotwein abzuspeisen gedachte, und wurde immer vergnügter.
Christian schwenkte den Rest Whisky, den man ihm ins Glas geschüttet hatte, zwischen seinen breiten, schwarz behaarten Fingern. Er erzählte von New York und seiner Galerie dort und daß er nächste Woche hinfliegen müßte, um einen Magritte einzukaufen. Plötzlich machte er eine Bewegung wie ein Schattenboxer, reckte den Arm, bis die Manschette zurückglitt, und sah auf sein Handgelenk.
»Ich muß dort anrufen. Schon zu spät. Dann eben morgen.«

Er änderte die Tonlage und wandte sich an Beatrice, die gegenüber saß. »Was macht die Komposition?« erkundigte er sich mit einer samtigen Raspelstimme, die offensichtlich für junge Frauen reserviert war. »Ich hätte da vielleicht jemand, der Interesse daran hat.« Doch der sei derzeit in seiner, Christians, Yacht im Mittelmeer unterwegs. Aber schließlich, warum nicht? könnte der, Christians Freund, Beatrices Komposition auf seinem Château in der Normandie uraufführen. Was war es eigentlich? Eine Oper?

Beatrice starrte Christian an. Sie sah, wie das tolle Orchester vor ihr spielte, sah die Instrumente blitzen und hörte die schmetternde, mitreißende Musik. Claire lächelte zu allem, was man in ihre Richtung tat oder sagte und kannte offenbar keine Langeweile, so lange sie dort war, wo auch Christian sich befand und aufspielte. Auch Dina war der reichen Orchestrierung von Eleganz, Weltläufigkeit und Sex-Appeal bereits erlegen. Sie war mit Tischdecken fertig und drehte ihr leeres Glas selbstvergessen in der Hand, ganz Auge, ganz Ohr für die Ein-Mann-Schau, wie die Schau eines Jongleurs, der die Äxte blitzen läßt, mit verbundenen Augen. Auch Philo lächelte zu allem, hohlwangig, mit unnatürlich glänzenden Augen und von Tierkohle geschwärzten Zähnen und einem Drei-Tagebart wie ein Goldgräber. Ja, Goldfieber war ausgebrochen. Beatrice gab zu verstehen, daß ihre Komposition kaum vor dem Winter fertig sein würde. Das sei schade, meinte Christian, im Winter sei das Château nicht zu beheizen.

Lukas brauste heran, stieß rückwärts in den Hof, ließ das intakte Rücklicht aufleuchten und schleppte Pakete und Flaschen durch die Küchentür. Christian zeigte vom Sofa aus mildes Interesse für einen Cincinnati Relax und sprach dann über sein eigenes Acht-Zylinder-Coupé. Dina verschwand in der Küche, Lukas nahm ihren Platz im Korbstuhl ein und wehrte die Frage nach seinem künstlerischen Werdegang bescheiden ab. Christian insistierte auch gar nicht, sondern sprach weiter von Autos. Dann kam endlich Dina, gerötet, erhitzt, das Haar vom Küchendampf gesträubt, das Make-up zerlaufen, und zündete die Kerzen an. »Heute machen wir ein *richtig schönes* Essen zu Ehren von Christian und Claire, mit einer Tischordnung. Christian, Sie sitzen da und Claire hier und Philo da.«

»Und ich?«

»Max da.«

»Wir beide hier? Gut. Komm auf meinen Schoß.«

»Setz dich rüber.«

»Bleib, wo du bist.«

»Jetzt hab ich ein Tischbein vor mir.«

»Nimm's zwischen die Knie.«

»He!«

»Ach, sind Sie das? Tut mir leid. Setzt euch bitte hin.«

»Steh wieder auf. Ich muß neben der Tür sitzen, ich bin noch nicht gesund.«

»Ich sitze doch nicht neben meiner Frau. Ist heute Bauernhochzeit?«

»Dann sei du eben mal Philos Dame, Max.«

»Ich? Ich bestimmt nicht.«

»Rück rauf.«

»Lukas auf dem kleinen Hocker hier? Sehr gut. Ist heute Slapstick-Vorstellung?«

»Sitzt ihr jetzt endlich alle!?«

»Wunderschöne Blumen hier auf dem Tisch. Hat Dina selbst gepflückt.«
»Wo?«
»Da, in der Schüssel.«
»Ach! Ich dachte, es wär Salat.«
»Ist es ja auch beinahe. Nur jetzt keinen Streit bitte.«
»Der Stuhl ist so hart. Gib mal ein Kissen.«
»Ein Kissen für Philos Hämorrhoiden bitte.«
»Rück mal die Blumen weg. Ich seh nichts.«
»Normalerweise sieht man sie auch nicht.«
»Benehmt euch! Wir haben Besuch«, bat Dina.
»Wunderbar, Dina. Deine Suppe schmeckt doch anders als Max' Einläufe.«
Dina funkelte Philo zornig an. Philo erschrak. Er formulierte sorgfältig, nach einigem Nachdenken: »Mademoiselle, est-ce que vous habitez Paris depuis longtemps?«
Claire antwortete bereitwillig.
»Was hat sie gesagt?«
»Mußt du so in die Suppe blasen? Mir flattern schon die Handschuhe.«
»Heute ist der längste Tag des Jahres.«
»Das kann jeder behaupten. Wo sind Servietten?«
»Ausgegangen.«
»Wohin denn?«
»Bring Papier aus der Dependance von der Rolle, das geht auch.«
»Mit Häkelhut.«
»Mit was?« fragte Christian.
»Wie bei uns im Relax. Capot Anglais mit Strickmuster. Erst zwei links und dann zwei rechts.«
»Es reicht jetzt, ja?!«

»Eine Rolle rechts, eine links im Heckfenster. Das sieht man in Deutschland oft.«
»Eine weich, eine hart.«
»Für vorher und nachher.«
»Eine erlesene Unterhaltung ist das heute wieder.«
»Es gibt auch wetterfestes.«
»Wasserdichtes.«
»Für Schiffe zum Beispiel.«
»Zum Wiederverwenden.«
»Zum Trocknen an der Luft.«
»Schluß jetzt! Genug.« Dina errötete, ihr Herz sank.
»Was ist eigentlich in New York zur Zeit die führende Galerie?«
»Philos Notizbuch ist schon wieder in die Suppe gefallen.«
»Er sollte es sich beim Essen auf den Rücken werfen, wie einen Kropf.«
»Haben Sie eigentlich schon Lukas' Bild besichtigt?«
»Nein, hat er nicht. Das kommt später.«
»Waren Sie schon in Tournus? Chapaize? Nein? In Cluny aber doch? Auch noch nicht?« Christian fuhr mit der Gabel durch die Luft und nahm den Mund sehr voll, was ihn aber nicht am Weiterreden hinderte. »Ancy-le-Duc, das lohnt sich. Was machen Sie hier eigentlich den ganzen Tag?«
Lukas sah sich wieder in der Dependance sitzen, sah die Türme vor sich in der Ferne ragen und hörte draußen in der Sonne die Liegestühle knarzen. Er erinnerte sich an das Vergnügen, mit dem er einst ein schmackhaftes Kaminfeuer für die Tourne Broche zusammengestellt hatte und dachte an die Transzendenz oder, genauer, *Trans-Desdenz* des Ortes, und an seine Versuche, sie zu

finden, zu definieren und ins Bild zu setzen; keine leichte Aufgabe in der Todesangst eines möglichen Ab- und Austritts aus der Welt. »Wir arbeiten, wissen Sie.«

»Was gibt's jetzt?«

»Lammkoteletts. Lehn bitte ab, es reicht nicht rum«, flüsterte Dina.

»Nehmen Sie ein Stück Fleisch? Und Claire auch. Für mich nur ein halbes. Wessen Gabel ist das?«

»Dessen.«

»Dessen? Wessen? Ist hier Deutschunterricht? Reich sie rüber. Gib sie her, Mann, Claire versteht uns nicht.«

»Nur ruhig, ja?«

»Benehmt euch, sonst geht das ganze schöne Essen in die Hose.«

»Ist schon –«

»Halt den Mund!«

»Sind die Gräten für die Katze?«

»Nicht auf dem Tisch! Wir sind hier in Frankreich und nicht bei den Hottentotten.«

»Hottentotten fahren auch nach Frankreich.«

»Ihr seid *furchtbar*.«

»Nur ruhig, Dina, schrei doch nicht, wir machen das schon. Christian! Was ist der Unterschied zwischen einem privilegierten Primitiven und einem promovierten Primaten?«

»Die Butter.«

»Die Gier des Primitiven.«

»Wieso die Butter? Meinen Sie in mineralogisch-petrografischer Sicht oder –«

»Nein, ich möchte sie, bitte.«

Ein Schweigen entstand – erbittert bei Dina, teils bekümmert, teils aufsässig bei Lukas, tückisch bei Max, pein-

lich betreten und voll Verlangen nach dem Schutz ihres Walkman bei Beatrice, wegen scharfen Nachdenkens bei Philo und nur das übliche bei Claire. Bei Christian wußte man nicht, was er dachte.
Alle kauten.
»Rabelais'sch war's lustiger«, sagte Max schließlich.
»Wasch?«
»Ich möchte nur ein einziges Mal ein *schönes* harmonisches Essen hier erleben, ohne Streitereien, ohne Obszönitäten, heute, wo Besuch da ist. Ist das zu viel verlangt?!« rief Dina.
»Es ist nur literarischer Grobianismus, Dina.«
»Wir sind aber keine Literaten.«
»Das ist mir aus dem Gesicht gesprochen.«
»Jedenfalls nicht aus dem Gesäß.«
»Ich weiß nicht, warum wir ausgerechnet heute immer an Klosettpapier und so weiter denken müssen. Es muß irgendwie mit Freudscher Verdrängung zu tun haben.«
»Verdrängung wovon? Rück mal, ich muß raus.«
»Bring das Bild gleich mit, Lokus, ich meine Lukas.«
»Ach ja, das Bild«, sagte Christian, als habe er ganz vergessen, weswegen er gekommen war. »Wo ist es?«
»Noch im Atelier.«
Dina kochte. Am liebsten wäre sie explodiert. Sie hatte alles getan, aus dem Sammelsurium von Lebensmitteln, die Lukas zusammengerafft und mit ihrer allerletzten Geldreserve bezahlt hatte, das Beste zu machen. Die Suppe war sogar recht gut im Vergleich zu dem Gebräu, das Max aufgetischt hatte. Aber niemand schien es zu bemerken, alle sabotierten bösartig den Erfolg des Essens; obwohl – oder weil? – sie wußten, daß Dina

Zoten verabscheute. Falls es Taktik war, um Christian zu zeigen, wie wenig man auf den Verkauf des Bildes angewiesen sei, war es eine schlechte Taktik. Sie hatten den Verkauf bitter nötig. Christian schien zwar zuerst erstaunt, machte dann aber, wie bei schlechten Einflüssen üblich, sofort mit. Und Lukas, der Dinas Bemühungen hätte unterstützen sollen, tat nichts dergleichen, sondern setzte bei jeder Zote noch eins drauf. Und das in Frankreich! Wo ein schönes Essen so wichtig ist! Ein gemeinsamer Triumph über das Materielle! Ein Ritual siegreicher Einverleibung! Versöhnung des Inneren mit dem Äußeren! Fest des Leibes, Fest des Geistes. Seltsam, daß sie in Frankreich so schnell verwildert waren. Dina schämte sich vor Claire. Claire war die einzige, die inmitten der allgemeinen Ausgelassenheit unbewegt dasaß und stumm aß. Ein Glück nur, daß sie kein Wort verstand.

Dina bot alle Freundlichkeit auf, zu der sie jetzt fähig war, und sagte mit unfreiwillig drohendem Unterton: »Wollt ihr noch eine Infusion?«

»Mit Klistier?« fragte Max sofort.

»Ich meine einen Kräuteraufguß.«

»Ich auch.«

»Jetzt ist es aber endgültig –«, kreischte Dina und hob die Hand, um auf den Tisch zu schlagen.

In diesem Augenblick öffnete sich die Tür, das Bild wurde gebracht. Dina verstummte. Das Gemälde wurde aufgerollt und mit ausgestreckten Armen ins Kerzenlicht gehalten.

Jeder der fünf sah gerührt auf sein Bild. Es war vieldeutig, tiefgründig, abstrakt natürlich, und zeigte fünffaches Kunst-, Farb-, Welt- und Leidverständnis, denn alle waren krank gewesen. Zum Schluß hatte das Malen mehr einem Wettlauf geglichen; kaum hatte die Farbe noch Zeit zum Trocknen. Sie war pastos oder klumpig; wo jemand sie zu naß aufgetragen hatte, setzte der Nachfolger flockige Farbe darauf. Es war ein Bild, zu dem man vieles hätte sagen können.

Doch Christian sah nur kurz vom Käse auf und meinte nicht mehr als: »Das ist es also? Ah so. Ach ja. Aha.«

Er kaute mit vollem Mund Brie, Brot und Butter, schluckte und sagte weiterhin nichts. Alle warteten, was er als nächstes tun würde. Christian fuhr fort zu kauen und zu schlucken, leerte sein Weinglas und lehnte sich zurück.

Lukas begannen die Arme weh zu tun. Er ließ das Bild sinken.

»Es fehlt noch der Rahmen«, sagte Dina liebenswürdig.

»Halbrund und lasiert«, schlug Philo vor.

»Mit kleinen weißen Fahnen an den Ecken«, ergänzte Max.

Dina sprang auf, jagte wie gehetzt in die Küche und schmetterte die Tür hinter sich ins Schloß.

Sogar Claire blickte jetzt betroffen.

»Wir sind den Wein nicht mehr gewöhnt«, sagte Philo entschuldigend Richtung Küchentür. Zorniges Tellerklappern antwortete von innen.

»Es war Puligny-Montrachet«, nuschelte Lukas und überblickte die geleerten Flaschen.

»Hat es einen Titel? Was ist es überhaupt?« fragte Christian ungerührt.

»Ein Erdstück.«

»Ein Seestück.«

»Zeigt es mir noch mal bei Tageslicht«, meinte Christian und sah den gekörnten Mandelkuchen auf dem Fensterbrett verlangend an. Man beeilte sich, ihn aufzutischen. Der Appetit war Christian jedenfalls nicht vergangen.

Der nächste Morgen begann damit, daß Christian zufällig in die Scheune guckte und den Vertex darin entdeckte.
Augenblicklich war Christian wie verwandelt, elektrisiert. Ein echter alter Vertex, das konnte doch kaum wahr sein! Er stieß beide Torflügel auf und ließ Tageslicht herein. In der Enge der Scheune drückte er sich an der Wand entlang, machte sein Hemd staubig, packte an und rollte das Auto in den Hof.
Im Freien trat er einige Schritte zurück und umfaßte den Zweisitzer mit den Augen eines Liebhabers, rasch einmal im Ganzen und fast noch gleichzeitig genau in den Details. Die elegante, narzissengelb lackierte Karosserie glänzte in der Sonne.
»Kann man den Motor mal anlassen?« fragte Christian.
»Max! Komm doch mal!« rief Lukas.
Christian war schon eingestiegen und strich mit den Fingerspitzen das Holzlenkrad entlang. Die Tür war so niedrig, daß er vom Auto aus Blumen hätte pflücken können, falls ihm der Sinn nach Botanik stand. Er trug heute eine lange dunkelrote Lederhose und ein blaues, bereits fleckiges Seidenhemd mit aufgekrempelten Ärmeln.
»Gibt's keinen Schlüssel?«
»Nein«, sagte Max aus der Dependancetür.
Lukas kam zu Max und flüsterte ihm ins Ohr. »Laß ihn fahren! Wir müssen ihn bei Laune halten.«

»Nein.«
»Max!«
»Der Wagen gehört Herrn Deuss.«
»Na und? Er merkt's doch nicht.«
»Doch.«
Beatrice trat aus der Küche ins Freie. Sie trug ein rotes Kleid, während Claire, die gestern schwarz getragen hatte, heute ganz in bräutlichem Weiß erschien. Christian winkte Beatrice heran, vorbei an Claire. »Los, steig ein! Irgendwie muß das Ding doch zum Laufen zu bringen sein.«
Er stieg wieder aus und öffnete die Haube. Achselzukkend wandte Max sich ab. Durchs Fenster hörte er Lukas' stümperhaften Versuchen zu, den Motor kurzzuschließen. Philo gesellte sich hinzu. Alle drei hantierten an der Zündanlage, standen sich gegenseitig im Weg und gaben gute Ratschläge. Funken stoben, jemand bekam einen elektrischen Schlag und quiekte auf. Aus dem Augenwinkel sah Max Beatrice lächelnd im Auto sitzen, Christian beugte sich über den Motor und hielt zwei Kabel in der Hand. Auf der Nase hatte er einen Ölfleck. Er drückte vergeblich mit dem Finger auf der Zündspule herum, der Anlasser orgelte ein-, zweimal und verstummte. Das Gefummel war nervtötend. Wenn Christian auch sonst soviel Einfühlungsvermögen hatte wie bei Autos, dann konnten seine Frauen einem leid tun. Erbarmungslos quälte Christian den Anlasser weiter. Jetzt heulten drei, dann vier Zylinder. Christian schlug die Haube zu, schwang sich über die Tür in den Sitz und gab Gas. Hochrufe ertönten, das Getriebe krachte, Reifen drehten durch, Kies spritzte auf gegen die Scheunenwand. In einer Wolke von verbranntem Öl, hustend

hieben sich Lukas und Philo auf die Schultern, lachten und gratulierten sich zu ihrer tollen Leistung des Anschiebens oder was sie sonst getan hatten.
Max war wütend. Er hörte, wie Christian den kalten Motor rücksichtslos auf Touren brachte. Dieser Idiot! Er rannte zur Gartenmauer. Dort stand schon Claire und starrte dem Wagen hinterher. Das Auto verschwand in St. Martin, die Häuser zerhackten das Motorgeräusch, dann war der Vertex wieder frei und brummte nach Süden. Im Wald hinter Genetoy tauchte er auf und raste die Straße nach Urbainville entlang, reihte auf der anderen Talseite Felder aneinander, fädelte eine Scheune mit auf die unsichtbare Linie der Straße, sauste durch die Stämme und zeigte, wie fadenscheinig das Gehölz dort war, das bisher undurchdringlich ausgesehen hatte.
Claire streifte Max mit einem Blick, seufzte und lehnte sich an die Mauer. Christian nahm jetzt Ziel auf den Kirchturm von Genetoy-le-Petit und drehte das erste Mal richtig auf. Max hatte diese Straße aus Vorsicht nie befahren. Christian im Vertex beschleunigte um eine Quart, um eine Terz, orgelte die lange Gerade hinauf bis zum Wasserturm, skandierte Einschnitte und Kurven, schaltete, hupte, quietschte grell, ließ die Reifen jaulen, den Auspuff knallen und böllerte bergab.
»Verdammt noch mal!« rief Max.
»Pardon?« fragte Claire.
Christian wechselte Richtung und Tonart und nahm mit einer kometenhaften Staubfahne die Abkürzung über einen Feldweg nach Villemondaine. Er lärmte die Straße entlang, krakeelte durchs Dorf, brachte Hunde und Hühner in Aufruhr, sang aus, wie viele Gebäude das Dorf hatte (neun), wo die Allee begann und wo sie

endete. Weibliche und männliche Stimmen klangen in erregtem Schimpfen bis zu Max.
Christian rumorte an der Cure, zwängte das Motorgeräusch zwischen Felsen, spaltete das Tal, spreizte die Hänge, betonte die Engstellen mit kurzem Verstummen, schoß leicht gequetscht nach oben, dehnte den Anstieg, ließ keine Mulde, keine Biegung aus. Auf der Höhe brach er ab und begann eine neue Strophe, über den Rücken von St. Martin zurück zum Fluß.
Max knirschte vor Wut und Empörung mit den Zähnen. Natürlich war es genau das Richtige für Beatrice. Christian fuhr den Vertex wie ein Virtuose, er machte Musik aus der Landschaft, er brachte sie zum Singen. Warum hatte Max nicht längst selbst daran gedacht? Christians praktische Harmonielehre brachte Räume und Tiefe in die gewohnte flächige Aussicht. Soeben dröhnte Christian durch ein Seitental, das Max noch nie bemerkt hatte, und röhrte, immer leiser werdend, nach Osten davon.
Die Hunde bellten, und das Vieh galoppierte noch bei Villemondaine. Endlich verebbte der Aufruhr, der Lärm verstummte. Es wurde wieder still im Tal, als habe eine der verrückten Fliegen im Zimmer plötzlich ein offenes Fenster entdeckt. Max horchte angespannt. Wo zum Teufel fuhren sie hin? Vor sich sah er Beatrices aufgeregtes Gesicht und hörte ihr ängstliches atemloses Lachen. »Christian! Wenn ich sterbe, dann für immer.« Und Christian sah zu ihr herüber, lachte auch und legte noch einen Zahn zu.
Max beugte sich vor. Lerchen sangen. Eine Kuh muhte klagend, aber das hatte sie schon den ganzen Vormittag getan; es waren, sozusagen, Geräusche der Stille. Das

Tal drehte sich gemächlich immer breiter in die Sonne, und wie eine volle Schüssel kippt, kam ein Duftschwall nach Heu und Holunder oder Hafer und süßem, grünen Weizen über den Hang. Samenflocken schwebten heran. Vor Max rotierte ein Paar Schmetterlinge wie die Enden zweier Speichen. Der Vertex war aus der Kurve geflogen und lag auf der Seite, mit drehenden Rädern. Der Tank war leer, ein Reifen platt. Sie lagen auf einer Wiese zwischen wilden Akeleien, Beatrice stützte sich auf Christians Arm und komponierte ein ländliches Duett. Sie lehnten in einer Kneipe und tranken Pastis, Gläser und Ellbogen vertraulich nebeneinander. Sie ließen den Vertex irgendwo stehen und kamen zu Fuß zurück, aber das konnte noch Stunden dauern. Sie kamen überhaupt nicht zurück und übernachteten auswärts.

Claire wurde unruhig. »N'est-ce pas dangereuse, cette voiture-là?«

Max zuckte die Achseln. Er hatte keine Lust, sich jetzt mit Claire zu unterhalten, er wollte horchen.

Philos kurzsichtiges Geiergesicht reckte sich aus der Küchentür. »Hoffentlich überfahren sie ein Huhn und bringen es mit.«

»Wo ist Dina?«

»Weg, schon den ganzen Vormittag. Sie ist immer noch sauer wegen gestern abend.«

Claire begann, Max diskret von der Seite her zu mustern, wie Konzertpublikum in der Pause es tut. Sie begann unten, bei seinen nackten Zehen in den durchlöcherten Turnschuhen, folgte den zerrissenen Jeans nach oben, bemerkte einen Rest Nagellack an seiner Hand und stutzte. Max merkte, wie ein neuer Gedanke sie durchfuhr, eine ganz neue Einsicht ihr dämmerte. Sie rückte sogar eine Kleinigkeit ab, um ihn im Ganzen noch genauer abzuschätzen. Vielleicht war ihr auch ein Hauch von Beatrices Parfum in die Nase gedrungen. Plötzlich nahm sie Max' langes, zum Pferdeschwanz gebundenes Haar nicht mehr als das, was es soeben noch gewesen war – schmuddelig, verwahrlost, praktisch –, nein, sondern als etwas Spezielles. Aha. Ah so. O je. Max spürte, wie Claires Meinung von ihm gewissermaßen rückwärts lief, über gestern und die Zeit, seit sie ihn kannte, hinweg, sich umkehrte und auf den Kopf stellte. Ihm war's egal. Er war froh, daß sie ihn in Ruhe ließ. Er wollte horchen.

»Ist sie nischt gefährlisch, diese Auto?« fragte Claire.

Max starrte sie an, nun doch etwas überrascht. Plötzlich, weil sie Angst hatte, konnte sie deutsch! Nachdem sie einen ganzen Abend lang die anderen auf französisch sich hatte abquälen lassen. Bei jedem Fehler war sie schmerzlich zusammengezuckt. So oft man ein Wort nicht wußte, starrte sie einem mit blankem Unverständnis so lange ins Gesicht, bis Christian eingriff und weiterhalf. Jetzt dagegen strich sie ihr Haar mit nervös zitternden Fingern zurück und sah Max hilfesuchend an. Ihr Gesicht war blaß und verwundet, und sogar das Haus hinter ihr wirkte mit der aufgerissenen Scheune zerstört, wie ein Haus nach einem Attentat.

»Gefährlich?« sagte Max. »Keine Sicherheitsgurte, kein Überrollbügel, und die Bremsen sind –« Er wollte gar nicht daran denken, was die Bremsen alles waren.

Claire mußte sich jetzt unterhalten, sie brauchte Ablenkung. »Was macht Beatrice jetzt?« fragte sie.

»Komponiert.«

»Ah! Aber was?«

»Musik.«
»Ah! Das weiß isch, Musik! Aber welsche denn? Was –«
»Keine Ahnung. Irgendwas für Felge und Speichengong.«
»Ah! Une Francofollie! Aber was ist Speischelgong?«
»Für das Vibrato.«
Claire dachte hierüber längere Zeit nach. Schließlich faßte sie einen Entschluß. Sie stieg in Christians Auto und fuhr das Mittagessen einkaufen, immer auf der Suche nach einem Autowrack am Straßenrand oder einem geparkten Kabriolett mit Liebespaar darin. Hinter St. Martin sah sie bei der Abzweigung nach Avallon eine untersetzte Dame im geblümten Sommerkleid am Straßenrand stehen und winken. Neben ihr standen zwei Koffer. Es war Dina. Sie winkte aufgeregt. Sie wollte zum Bahnhof. Sie hatte jetzt *endgültig* genug.

Beatrice folgte mit der Zehenspitze der silbrigen Spur einer Schnecke auf dem Brückenrand. Neben Christian stand sie so hoch über dem Wasser, als lehnten sie an der Reling eines Ozeandampfers und warteten auf die Fortsetzung der Reise. Vierzig Meter unter ihnen floß die Cure unter einer zweiten, sehr alten, niedrigen Brücke und hinter ihnen an der Sehenswürdigkeit von Pierre Perthuis vorbei, der sogenannten dritten Brücke, in Form eines hohen durchbrochenen Felsens. In der Ferne ragte Vézelay mit einer ganz unbekannten Konjunktion der vier Türme.
»Wir stehen hier wie Pu der Bär und Ferkel«, sagte Beatrice.

»Ferkel? Ich? Wir haben doch gar nichts getan heute, eigentlich.«
»Ich meine, wir stehen hier und werfen Stöckchen ins Wasser. Was macht deine Verflossene?«
»Welche denn?«
»Die vom Frühjahr.«
»Ach, du liebe Zeit! Das ist schon so lange her, das ist schon gar nicht mehr wahr.«
Beatrice überdachte dies. Sie stieß einen Kiefernzapfen an, der sich drehte, fiel, aufklatschte und träge schwimmend liegenblieb. In den Felsnischen am Ufer floß das Wasser rückwärts. »Ist das was Ernstes, jetzt mit Claire?«
»Nein. Gibt's hier Elstern?«
»Hier?«
»Ich hab heute morgen meine Uhr aufs Fensterbrett gelegt, und sie ist weg.«
»In Paris wirst du ja noch eine haben.«
»Sie war von meinem Großvater.«
»Und jetzt tickt sie in einem fremden Nest unter den Eiern.«
»Sehr witzig. Glaubst du, im Haus klaut jemand?«
»Max? Bestimmt keine Uhren.«
»Er sieht aus wie ein Roué.«
»Weil er sich schminkt.«
»Was macht er denn sonst noch?«
»Weicht seinem Verfahren aus, genau wie wir. Sitzt seine Zeit ab. Wie lange bleibst du noch?«
»Wie lange soll ich?« Christian überlegte, ob er die Handbremse des Vertex richtig angezogen und überhaupt einen Gang eingelegt hatte. Das Auto stand auf der abschüssigen Straße startbereit bergab.

»Wenn man will, daß du dableibst, fährst du grade weg.«
»Und wenn man mich weghaben will, bleibe ich grade da.« Christian lachte, weil man ihn so gut kannte.

Christian rollte schwungvoll in den Hof. Er ließ die Hupe tönen, stieg aus und schmetterte die Autotür ins Schloß. Max zuckte zusammen. Der Vertex war staubig, vom Verdeck hing eine Heusträhne wie eine Trophäe. An der Stoßstange hatte er eine frische Delle.
Beatrice stieg langsamer aus, das Haar zerzaust, die Augen gerötet, das feuerrote Kleid zerknüllt, lebhafte Farbe im Gesicht. Christian strahlte. »Wir machen einen Tausch!« rief er. »Ich nehme den Vertex, und ihr behaltet euer Bild.« Er lachte schallend.
»Max! Übernimm doch mal!«
»Ja, übernimm doch mal! Steh nicht rum wie der Esel beim Pferderennen!« rief Lukas aus der Küche.
Kurz darauf erschienen auch Claire und Dina mit Tüten, Paketen und zwei Koffern.
»Zu schade, daß Claire kein Deutsch kann«, bedauerte Dina, »beim Einkaufen konnte ich nie sagen, was wir eigentlich brauchen.«
Claire lächelte aufreizend verhalten, wie die Mona Lisa im Louvre hinter Glas, die so viele Säureanschläge auf sich zog. Doch weil sie Christian unbeschädigt, wenn auch verdächtig triumphierend, zurückhatte, sah Claire wieder heiterer aus.
»Ich versteh dich auf deutsch auch nicht«, meinte Lukas, »wozu gehst du mit Koffern einkaufen?«
Claire und Dina wechselten einen Blick.

Dina begann zu überlegen, ob Claire nicht nach Art mancher Schwerhöriger viel mehr verstand, als sie zugab, und wenn ja, warum. Sollte sie Christians kleiner Spion sein im deutschen Bohème-Milieu?

Beatrice saß am Steuer des Relax. Neben ihr saßen Max und Lukas, wie sie es angeordnet hatte. Auf dem Rücksitz drängten sich Christian, Claire, Philo und Dina. Es war fürchterlich eng, aber niemand hatte zu Hause bleiben wollen; jeder glaubte, daß man auf der Besichtigungstour auch gut essen würde, und zwar, wie alle hofften (außer Christian selbst), auf Christians Kosten.

Soeben überquerten sie zum dritten Mal die Cure. Oder war es der Cousin? An den Kreuzungen fehlten die Wegweiser oder waren abgebrochen, unleserlich verrostet oder umgedreht und zeigten ins Gebüsch.

»Das Dorf da drüben ist St. André-en-Morvan. Es hängt im Louvre, von Corot.«

»Mein Gott, wie gebildet wir heute sind.«

»Fenster auf! Ich ersticke.«

»Mehr zu! Ich krieg gleich Augenentzündung hier hinten.«

»Wir fahren im Kreis«, stellte Christian fest.

Es herrschte hochsommerliche Hitze. Der Asphalt schmolz, die Reifen zischten in den Kurven durch die Nässe. In den Dörfern hingen Plakate zum 14. Juli. Lukas überlegte, was ein Concours de Pétanque war und ob jeder mitmachen konnte, falls es einen Geldpreis gab. Mit dem Bildverkauf ging es nicht voran. Wie sollten sie sonst zu Geld kommen? Eine Bank überfallen? Touristen ausrauben? Andere Plakate luden zu Tanz und Feuerwerk ein. Die meisten waren handgeschrieben und halb abgerissen, so daß man nicht wissen konnte, ob diese Ereignisse noch bevorstanden oder bereits vergangene Vergnügen waren.

»Das wollten wir eigentlich alle gern wissen.«

»Was denn?«

»Wohin wir eigentlich fahren.«

»Nach Carré-les-Tombes«, sagte Beatrice.

»Wie ein Volk, das einen Rousseau hervorgebracht hat, seine Bäume nur derart verstümmeln kann.«

»Jeder Baum in Kastenform.«

»Rousseau war Genfer.«

»In Genf machen sie es mit dem Buchs.«

Max hatte Angst, daß Beatrice etwas ganz Falsches tun könnte, um Christian zum Kauf des Bildes zu bewegen. Claire hatte ähnliche Befürchtungen. Christian war eifersüchtig auf Max, der vorn neben Beatrice saß. Beatrice war eifersüchtig auf Claire. Dina überlegte, ob man Christian anpumpen könnte und entschied, daß er nicht der Typ dafür war. Weder er noch sonst jemand hatte nach dem ersten Abend Lukas' Bild erwähnt; ein schlechtes Zeichen. Philo war hungrig.

»Irgendwie gehört die Baguette zum Franzosen wie das Gehörn zum Bock. Oh, pardon, Claire.«

»Französische Glatzen sehen doch gleich ganz anders aus als deutsche.«

Kinder trieben eine Schar Enten mit einem Strick, den sie in Knöchelhöhe hielten, aus einem Teich. In den Gärten hingen grüne Mandeln, unreife Äpfel und grüne Pfirsiche. Milchweiße Haselnüsse schimmerten aus den Blattspitzen. Philo musterte mit Zuneigung und Kennerschaft die rahmgelben Rinder, die als beschäftigungslose

Schwerathleten unter den Bäumen herumlagen. Angesichts der fleischigen Keulen und Schultern, der fetten Rücken und Wammen, der friedlichen Augen wässerte ihm der Mund. »Wenn wir auch so einen Mastbullen hätten! Dann könnten wir uns eine ganze Woche lang satt ess –«

Dina gab ihm einen Tritt. Offen eingestandener Hunger mochte bei anderen Verkaufsverhandlungen nützlich sein, aber nicht bei Christian. Dina litt unter der Enge und Hitze im Wagen und unter Philos spitzem Ellenbogen. Bei der Entdeckung, daß unter diesen Belastungen ihr bereits lädierter Reißverschluß vollends nachgab, wurde ihr noch viel heißer. Beatrice fuhr, als wüßte sie, wohin, aber rechte Stimmung kam nicht auf. Über der Straße schlossen sich die Bäume, und der Himmel dazwischen glich einer auffasernden Naht. Hinter der ausrasierten Böschung konnte man tief in den Wald hineinsehen. Eine Parkmauer kam in Sicht. »So ein aufwendiges Schmiedeeisentor und dahinter nichts als Wildnis, typisch Frankreich«, sagte Dina. »Wenn du einen Reißverschlußladen siehst, halt bitte mal an.«

Warum nach Carré-les-Tombes? dachte Lukas. Was gab es da zu sehen? Gräber? Ein alter Mann stand am Dorfbrunnen und hielt einen Eimer, der kaum voller wurde, unter einen dünnen Wasserstrahl. Lukas sah die trübselig niederhängende Trikolore am Rat- und Schulhaus, die geschlossenen Fensterläden, die staubigen Platanen, die Armut, die sich hier als Stille, Öde und Gebrechlichkeit, als Langsamkeit und Alter kundtat; und Lukas fühlte einen kalten Schauder trotz der Hitze. Eine Viehherde wurde vorbeigetrieben, und Beatrice hielt an. Das Gedränge und Geschiebe, Getrappel, Schnaufen,

Muhen und Klatschen der Stöcke verkörperte eine geradezu biblische Vorstellung von Reichtum, und sofort sah sich Lukas als Hirten; Christian, der das beste Vieh hatte und einen munteren Handel betrieb; Philo im Fellkleid, in tiefem Nachdenken auf einen Stab gestützt, während seine Herde sich in alle Richtungen zerstreute und es Dina überlassen blieb, den Tieren hinterherzurennen. Nein, Kleider aus Fell waren doch nicht so praktisch. Lukas riß sich zusammen. »Das französische Zahlensystem kommt vom Schafezählen«, sagte er. »Quatre-vingt-dix-sept, quatre-vingt-dix-huit, und das Schwarze da noch! 'opp! 'opp! ab in den Pferch –«
Er merkte, daß Claire ihn verständnislos anstarrte, und brach ab.
»Vielleicht kommt Intelligenz überhaupt von Schlaflosigkeit«, meinte Philo. »Große Kaufleute waren sie nie.«
»Entdecker auch nicht. War das nicht Pontaubert? Dann sind wir ja gleich wieder zu Hause«, sagte Christian. Er wunderte sich über Beatrice. Sie hatte sich total verirrt, aber mit welcher Entschiedenheit sie fuhr! Gas gab, Kurven schnitt! Wie sie bestimmt hatte, wer wo sitzen sollte! Als hätte sie jetzt, seit dem Ausflug mit ihm, erst Spaß am Fahren und wollte dies auch zeigen.
»Musik?« fragte Beatrice und stellt das Radio an.
Französische Stimmen schrien wild durcheinander.
»Ach, die Tour de France schon wieder. Was die nur am Radfahren finden.«
»Die haben auch den Can-Can erfunden. Auf die Räder schaut niemand«, sagte Philo.
Beatrice schaltete und drehte weiter, der Lautsprecher

krachte, ein Chor sang im Falsett, plötzlich waren aus weiter Ferne heimatliche Worte zu hören.
»Ah, der Deutschlandfunk«, sagte Beatrice und drehte auf.
»*– ambivalent-dialektischer Antagonismus*« (Krachen, Rauschen) – »*bedeuten den Vertreters des Post-Dekonstruktivismus, dem die Felder* …«; die Stimme driftete ab.
»Vielleicht kriegst du's noch besser«, meinte Dina von hinten.
Beatrice drehte am Suchknopf. Die Stimme fand zurück in den Relax.
»*– zwischen Fallendem und Steigendem, Oppressiven und Befreiung seines geophagischen Sensors für Fötor und Osmophorie, für Paraphonien und empyreische und tellurische Bereiche. Der –*«
»Seit ich im Ausland bin, versteh ich nicht mal mehr meine eigene Sprache.«
»Die haben sich auch sehr verändert beim Deutschlandfunk. Zu meiner Zeit –«
»Still, das geht über Kunst.«
»*– menschliche Universalien in toto sichtbar zu machen. Die karminativ-aszendenten und die katabatisch-endokarpischen Tendenzen in ihren nur scheinbar widersprüchlichen Alligationen und Dispersionen in einem Zyklus von elf Bildern –*«
»Aha. Bilder also«, sagte Philo.
»*– der kohärenten, atheromatösen, aquatischen, sogar zymischen und miasmischen Exuberanzen, von denen bereits mehrere an namhafte Museen des Inlands und nach Übersee verkauft wurden. Bedingt durch die Variationsbreite der fünffachen Lokution an Gestik, die cha-*

rakteristisch für die Bilder ist, sind Kompositionsanklänge an Minimal Music –«; die Stimme der Sprecherin wurde schwächer, als verließen sie die Kräfte, und erstarb. Gewittriges Krachen ertönte und machte allen einen Augenblick lang bewußt, wie weit entfernt Deutschland war und wieviel Höhen und Tiefen zwischen Berlin und Burgund lagen, als würde das Mikrophon selbst darüber weggeschleift. Die sachliche, kühle Stimme der Sprecherin irrte herum und fand zurück in den Relax. Eine Bahnunterführung kam in Sicht. Beatrice zögerte kurz, taxierte, gab Gas und war durch, bevor die Radiostimme Gelegenheit fand, sich zu verflüchtigen. Max stutzte, hatte aber keine Zeit, sich zu wundern.

»*– im Metropolitan Museum of Modern Art. Zu den diesjährigen Vorschlägen für den Großen Kunstpreis des Berliner Senats gehört Lukas Üblich. Die Berliner Ausstellung –*«

Dina kreischte auf. »Lukas! Lukas Üblich! Das sind wir!«

»Wir? Wieso wir?«

»Lukas, das bist du!«

»Lukas, sind das Sie?«

»Üblich, das sind wir!«

»Welche Ausstellung denn?« fragte Lukas.

»Ruhig!«

»Lauter!«

»Still!«

»Großer Kunstpreis! Wieviel denn?«

»Fünfundsiebzig«, rief Beatrice.

»Tausend! Tausend!«

»Nicht tausend, Fünfundsiebzig –«

»Tausend! Tausend!«
Ein kleines Mädchen mit Baßgeige überquerte die Straße. »Kneift mich! Ich träume«, rief Dina.
»Welcher Bilderzyklus überhaupt? – Wir haben den Preis doch noch gar nicht«, stotterte Lukas. Niemand hörte ihm zu. Die anderen vier jubelten, lachten, jauchzten aus den Autofenstern. Endlich waren sie in Carré-les-Tombes angekommen. Zweimal umrundete der Relax den Dorfplatz, weil Beatrice keinen Parkplatz finden konnte, obwohl es reihenweise leere Plätze gab. Einheimische und Touristen drehten die Köpfe nach dem vollbesetzten Wagen mit nur einem Rücklicht und ausländischer Nummer, der offensichtlich nicht anhalten konnte und aus dem unverständliche Schreie schollen. Schließlich blieb er mitten auf der Straße stehen.
»– auf eine Wiederholung in den leihweise zur Verfügung gestellten Räumen der Berlin-Schweizer Gesellschaft im kommenden Jahr. Das war die Kulturumschau im Deutschlandfunk«, sagte die Ansagerin mit abschließender Munterkeit. *»Es folgt das Concerto grosso in D-Dur von –«*
Beatrice schaltete ab. Sie wirkte erschöpft. Max konnte das Wunder noch nicht ganz glauben. »Haben die wirklich ›Lukas Üblich‹ gesagt?«
»Aber ja doch! Wir haben's alle gehört.«
»Ich rufe in Berlin an. Die sollen uns sofort das Sendemanuskript schicken.«
»Wir rufen gleich jetzt beim Deutschlandfunk an.«
Dina sprang aus dem Auto. Sofort verlor sie ihren Rock.
Die Gäste an den Cafétischen standen jetzt auf.
Dina trug einen Unterrock, der wie Gefieder schillerte

und erstaunlich gut zum Flaschenglanz der Brosche paßte. Bis jetzt hatten wohl noch nicht viele Leute Gelegenheit gehabt, dies zu bewundern. Doch nichts konnte Dina jetzt vom Telefonieren abhalten. Sie raffte ihre Röcke um sich und eilte ins Café.

Beatrice blieb noch sitzen. Sie drehte den Innenspiegel zu sich und puderte die Wangen. Sie kämmte sich das Haar und kramte in ihrer Tasche nach dem Lippenstift. Max neben ihr dachte, spürte, roch und sah, daß etwas hier nicht stimmte – die zitternden Hände! Das Herzklopfen, die Atemlosigkeit, der Ansturm von Farbe auf der Blässe, die hektischen Flecken, der Angstgeruch. Endlich waren die anderen weg. Beatrice griff zum Radio, drückte eine Taste, ließ eine Kassette heraus- und in ihre Hand springen und in der Handtasche verschwinden. Sie atmete tief durch. Sie drehte sich zu Max und sah ihm ins Gesicht.

Max war starr vor Bewunderung. Beatrice – eine Betrügerin! Wer hätte das gedacht! »Wie hast du das nur fertig gebracht?«

Beatrice begann, hysterisch zu lachen. Sie nahm sich zusammen und strich ihr dünnes Haar zurück. »Ich war doch auf der Musikhochschule, da lernt man das mit den Kassetten.«

»Die rufen jetzt beim Sender an!«

»Sollen sie. Heute ist Samstag. Vor Montag erreichen die niemand. Montag ist Christian weg und das Bild verkauft.«

»Und die gebildeten Ausdrücke alle? Woher hast du die?«

»Aus dem französischen Lexikon.«

Max lachte laut auf vor Bewunderung. Wer hätte das von Beatrice geglaubt! Er war entzückt.

»Alle sind voll reingefallen.«
»Nur Christian war ganz gelassen.«
»Claire auch. Für die ist sowas normal.«
»Lukas hat nur noch gegluckst.«
Beatrice puderte sich den Angstschweiß von der Stirn.
»Allein hätte er das Bild nie verkauft. Dazu ist er zu teutonisch-ungefüge.«
»Und du machst es romanisch-grazil.« Sie waren ausgestiegen, und Max ging in die Knie vor Begeisterung.
Er triumphierte wegen Christian. Allerdings – Christian war nicht dumm; seine Rache könnte fürchterlich sein. Er betrachtete Beatrices Handtasche. Sie war geräumig, aus gestreiftem Stoff, mit einem soliden Messingschloß.
Sie schlenderten am Café vorbei, in dem die anderen um das Telefon drängten und sich gegenseitig den Hörer aus der Hand rissen, weiter zum Kirchplatz und zu den Sarkophagen, nach denen das Dorf seinen Namen hatte. Mehrere Dutzend oder sogar hundert leerer Särge aus Granit lagerten kieloben rund ums Kirchenschiff im Sand, rätselhaft wie eine Herde gestrandeter Wale. Vermutlich hatten sie keinen Käufer gefunden. Max setzte sich auf einen der mittelalterlichen Ladenhüter. Waren Bilder leichter zu verkaufen als Särge? Beatrice lehnte sich zurück und schloß die Augen. Ihr Gesicht entspannte sich und wurde friedlich. Ihre Aufgabe war beendet, sie hatte getan, was sie konnte.
Die Sonne brannte. Im Schatten der Kirchenwand blühten Tollkirschen in einem altjüngferlichen hektischen Rosa. Die Hitze glänzte auf den Dächern und

bläute die fernen Berge. Bravo, Beatrice! dachte Max. Er hätte jubeln können. Nie war ihm Beatrice attraktiver erschienen. Ja, sie hatte Christian genau das gegeben, was er brauchte – einen Reinfall.
»Niemand zu erreichen«, keuchte Dina und drückte beim Gehen einen Arm in die Taille wie eine Spastikerin. »Nicht mal die Auslandsauskunft antwortet.«
»Steck doch den Rock mit der Brosche fest.« In Lukas' plumpem Pokergesicht saß das Funkeln des Erfolges. Er wich den Blicken der anderen aus, als wolle er niemand damit blenden. Der Anblick der leeren Sarkophage stimmte ihn äußerst fröhlich. Für ihn waren die Katastrophen vorbei, weggewischt in der Sonne am heutigen Tag – Inhalte, um die die Gegenwart jetzt ebenso betrogen war wie die Särge um den ihren. Ja, betrogen! Umgedrehte Würfelbecher ohne Würfel. Aufatmend setzte Lukas sich neben Max und machte sich möglichst schwer, um den versunkenen Rand rund um nicht fest in den Boden zu drücken.
Christian ging herum und klopfte die Sehenswürdigkeiten ab. Philo begleitete ihn, hin und her gerissen zwischen dem Verlangen, dem Geheimnis der Sarkophage auf den Grund zu gehen und dem Wunsch nach Erfolg für Lukas. »Sind die römisch oder merowingisch? War hier eine Manufaktur oder was? Anscheinend hatte die Absatzschwierigkeiten damals. Ein Glück, daß unser Bild noch nicht verkauft ist, jetzt können wir –«
»Es ist verkauft«, widersprach Beatrice auf ihrem Stein.
»So? An wen denn?«
»An Christian.« Sie maß Christian und Claire, beide

zusammen und als Paar, mit einem feindseligen Blick. »Er ist doch extra deswegen gekommen.«
»Extra? Ich habe doch gar nichts gewußt von dieser Berliner Ausstellung«, wehrte Christian ab.
»Ich weiß auch nicht immer, was meine Galeristen so alles treiben«, nuschelte Lukas. Blaß, eingefallen, kaum noch er selbst ohne die rundlichen Schultern und den gewohnten Bauchansatz, sah er bescheiden auf seine Schuhspitzen.
Christian begann nachzudenken. Er setzte sich zu Dina und kratzte sich das Kinn und dann die Rippen durch das Hemd. »Auf den ersten Blick, als ich das Bild sah, hätte ich nie – na ja. Ich weiß nicht recht. Es dauert so lange, bis ein Maler aufgebaut ist. Ich könnte mal in Berlin anrufen, ich kenne die Jury. Ehrlich gesagt, ich glaube kaum, daß Sie eine Chance haben.«
Zwischen Christian und Dina landete ein Insekt. Christian nahm seine Sandale in die Hand und zerdrückte das Tier nachdenklich und sorgfältig, damit es noch länger etwas davon hatte. Dina sah es mit Schaudern. Die Wespe wand und krümmte sich, Dina desgleichen. Endlich fiel sie herunter. Dina bezwang sich und blieb sitzen.
»Immerhin«, fuhr Christian in seinen lauten Überlegungen fort, »ich muß mal sehen. Ich werd's noch mal prüfen. Es ist ein Zyklus, sagen Sie? Beatrice hat gar nichts von einem Zyklus gesagt.«
»Dieses Bild ist kein Zyklus«, sagte Beatrice aggressiv.
»Und wo sind die anderen Bilder?«
»Alle verkauft«, sagte Dina.
»Bei Privatsammlern«, sagte Max.
»Teilweise in Übersee«, ergänzte Philo.

Christian schien nicht zu hören. Er taxierte Lukas, sein abgeschabtes Flanellhemd. »Sie sind in Paris völlig unbekannt. Wie soll ich da –«

Max musterte Christian verächtlich. Dieser herzlose Genußmensch! Wie er es genoß, von allen hungrig, hohlwangig angestarrt zu werden! Während das Herz anderer Leute hierhin und dorthin springt und die restliche Person mit mehr oder weniger großem Abstand hinter sich herzieht oder -schleudert, blieb dieser Typ eiskalt.

»Zwanzigtausend«, schlug Philo vor, »das ist billig.«

»Zehn, vielleicht«, sagte Christian.

»Mark?«

»Franc«, sagte Claire.

»Ecu«, rief Dina. Sie sprang auf, ihr Rock blieb sitzen. Sie sank auf ihren Sarg zurück.

»Misch du dich da nicht ein.«

»Laß nur, Dina exhibitioniert ganz gerne mal im Ausland, wo sie keiner kennt.«

»Das ist nicht wahr!« rief Dina nur, denn im Sitzen läßt sich nicht gut aufbrausen.

»Irgendwo habe ich noch eine Sicherheitsnadel«, sagte Beatrice, klappte ihre Handtasche auf und begann, mit nervösen Fingern darin zu wühlen.

Max erschrak. Er stellte sich unauffällig vor sie hin. »Zehntausend für ein – ein endokarpisches Bild, das ist billig.«

»Für ein karminativ-aszendentes«, assistierte Philo.

Beatrice schloß die Tasche mit einem entschiedenen kleinen Knall.

Christian sagte nichts. Er zerknickte ein Stöckchen. Max klopfte auf den hohlen Stein.

»Das wäre ein prima Platz für einen Mord. Kein Mensch würde da drunter jemals eine Leiche vermuten.«
Christian empfand dies als Drohung, und so war es auch gemeint. Er wechselte einen Blick mit Beatrice und war beruhigt. Nie, niemals würde sie zulassen, daß ihm ein Haar gekrümmt würde, so viel konnte jeder sehen, der nicht blind war.
Er stand auf. »Claire? Gehen wir in die Bar da drüben, ein Sandwich essen? Es ist bald Mittag, was meinen Sie?«
»Sandwich?« wiederholte Lukas tief enttäuscht.
»Und einen Espresso«, rundete Christian seine Einladung großzügig ab.

»Na? Gibt's was Neues?«

»Nichts.«
»Hat er gar nichts gesagt?«
»Nichts. Kein Wort.«
»Schenken wir ihm doch das Bild.«
»Nie. Lieber zerreiß ich's.«
»Warte noch. Wir müssen uns eben noch was einfallen lassen.«
»Noch was?! Was denn jetzt noch?!«
»Wir können die beiden unmöglich weiter auf dem Sofa übernachten lassen. Da ist immer noch die tote Maus in den Sprungfedern.«
»Dann quietscht es nicht so.«
»Es stinkt aber.«
»Max könnte doch im Relax übernachten, dann ziehen wir runter und ihr rauf.«
»Stimmt! Wir sind schon lange nicht mehr umgezogen.«
»Was Claire wohl von uns denkt?«
»Claire? Ohne ihr Haar wäre sie gar nichts, wie eine rasierte Katze.«
»Paß auf, da sitzt sie.«
»Na und? Claire! Ich hab noch ein altes Paris Match gefunden, wo er drin ist.«
»So berühmt ist der?«
»Da. Galeries allemandes à Paris. Was aussieht wie seine Mutter, ist seine erste Frau. Und was aussieht wie seine

Tochter, ist seine zweite Frau. Und was aussieht wie sein Enkelkind, ist seine Tochter. Und was aussieht wie sein Sohn, ist sein Enkel. Hier.«
»Das ist in Frankreich so üblich. Ach, da sind Sie ja! Gerade haben wir von Ihnen gesprochen.«
Max ging zum Brunnen, füllte eine Karaffe mit trübem Wasser und stellte sie auf den Tisch vor Christians Platz. Dina nahm sie weg. Max spuckte hinein und stellte sie zurück.

Es war die letzte Nacht von Christians Besuch. Die Sterne schienen, die Nachtigall sang, die Bäume flüsterten im Wind, das Vieh schnaufte und hustete auf den Weiden, Glühwürmchen schwirrten umher. Das Rauschen der Cure klang viel lauter und auch viel ferner als bei Tag.
Im Haus brannte noch Licht. Lukas sollte in der Dependance übernachten, Max im Relax, Dina auf dem Sofa und die anderen verteilten sich auf die übrigen Zimmer. Max setzte sich auf die Kühlerhaube seines Nachtquartiers. Er hatte keine Lust, Christians Prahlereien über seine Großtaten auf dem Kunstmarkt länger anzuhören und dem Flirten der drei Frauen weiter zuzusehen.
Über ihm wölbte sich der Sternenhimmel mit fast tropischer Leuchtkraft. In einer Nacht wie dieser brauchte man eigentlich kein Dach. Max horchte auf das Rascheln und Windrauschen. Eine Hornisse flog vorbei. Der kalkweiße Nußbaum warf einen kohlschwarzen Schatten. Die Felder gegenüber waren staubhell, wie mit Asche bestreut.
Auf der Straße kam ein niedriger Schatten näher, setzte

sich hin und kratzte sich. Es war der Hund von Madame Pasdeloup, ein berüchtigter Flohträger. Mit der Hinterpfote kratzte er sich die Halsseite und kniff vermutlich vor Wonne ein Auge zusammen. Die Nase richtete er nach oben, wo er die Sternbilder Großer und Kleiner Schinkenknochen hätte sehen können, bei genügendem Verstand. Die Flöhe seiner Rückseite kamen in heftige Schwingungen. Wenn sie sich einen Augenblick lang aus ihrer beschränkten Perspektive im Fell befreien und nach oben hätten schauen können, hätten sie die Sternbilder Milbe und Satte Zecke über sich erblickt; diesen Ausblick hatte aber nur das eine, von der Pfote losgerissene Tier. Vermutlich erlebte es Flug und Fall nicht als Entdeckungsreise, sondern als katastrophalen Absturz, dachte Max. Der Hund trabte schnüffelnd weiter, ganz und gar erdorientiert wie vorher.

Etwas später tauchte Venustas auf. Ihr ging es schon um Höheres. Der Gesang der Nachtigall fuhr ihr durch die Glieder, durch Gehör und Gehirn bis in die Krallen und den Schweif. Sie drückte sich in die Wiese und schlich näher. Ihr Schweif zuckte, sie wartete lange. Das Sternbild der Grille und der Heuschrecke stieg in den Birnbaum, dann hüpfte ein lebendiges Insekt ins Gras. Es wurde gefunden und krachend zerkaut. Unberührt von den Dramen hier unten drehte dort oben der Sternreigen von Baldrian, Fischgräte, Toter Vogel, Mensch und Heringskopf seine nächtliche Runde. Der Sehr Große Milchtopf, noch nicht ganz voll, wurde auf der Katzenbühne übers Dach gezogen, doch Venustas sah nicht hin. Sie hatte noch kaum je hingesehen. Ihr Blick richtete sich ins Geäst, wo der gefiederte Leckerbissen saß und laut singend auf sich aufmerksam machte.

Max legte sich ins Gras und sah nach oben. Er fühlte sich gewichtslos werden und drückte sich mit dem Rücken an die Erde, vergeblich. Im Liegen krallte er sich fest, um nicht zu fallen. Die Erdscheibe war in die Nacht gekippt und hing wie ein umgedrehter Teller über dem Nichts. Es gab kein Oben und kein Unten, keinen Halt, mit der Erde im Rücken fiel er in den schwarzen Rachen der Nacht, zwischen die nadelscharfen Zahnspitzen der Sterne. Mit ihm hing der Nußbaum kopfunter über der Tiefe und bewegte rauschend seine Blätter. Es war grauenhaft, schwindelerregend, nicht zu ertragen, viel schlimmer als ein Alptraum, denn dies war Ernst, hier konnte keiner mehr aussteigen. Wie sollte man jemals die Kurve in den Morgen schaffen, hinaus in die friedliche Bläue, in den sicheren Tag? Wohin die Welt auch fliegt, tagsüber ist immer oben im Jahrmarktsfahrzeug, immer oben auf der Krümmung der Geleise. Nachts dagegen –

Die Tür wurde aufgerissen. Licht flutete aus dem Haus. Jemand leerte mit Schwung einen Eimer ins Freie und knallte die Tür zu.

Gleich darauf machte Lukas sie wieder auf.

»Oh! Beinah hätte ich dich erwischt.«

Max lag auf dem Rücken in der Wiese, Arme und Beine ausgebreitet wie ein Fallschirmspringer im freien Fall.

»Was machst du denn da draußen? Suchst du Herpes von den Hesperiden?«

»Nein, ich grusele mich. Da, ein Satellit.«

»Da, eine Sternschnuppe. Los, komm rein, wir brauchen dich noch zum Abwaschen.«

»Gibt's was Neues?«

»Nichts.«

Am nächsten Morgen war der Himmel bewölkt, Regen zog auf.
Heute wollte Christian abfahren. Fröhlich pfeifend ging Max in die Scheune und nahm am Vertex Maß für einen neuen Türkeil. Seit Christians brutaler Fahrt hatte der alte einen Riss. Er suchte ein passendes Stück Eisen und drehte es in den Schraubstock.
»Oh – oh – oh – ah – ah ––«, stöhnte Beatrice.
Max fiel die Feile aus der Hand. Er rannte ins Haus.
Claire saß auf dem Sofa und strickte.
»Was ist da los?!«
»Quoi donc?«
Max' Aufregung beflügelte sein Französisch. »Qu'est ce qu'est là en haut?«
»Ou?«
»Là!« rief Max und deutete zur Zimmerdecke.
Claire gab ihre Erklärung mit der Geschwindigkeit eines ablaufenden Weckers und zählte zwischendurch noch ihre Maschen. Mit der Nadel zeigte sie nach oben. Max verstand nur ›douleur‹ und ›difficulté‹. Er rannte durch den Hof zum rückwärtigen Fenster im ersten Stock. Es stand weit offen.
»Oh – oh – ah –«, stöhnte Beatrice.
Max erstarrte. Was ging da vor sich?
»Kannst du so?«
»Nein.«
»Die verdammten Bettränder sind so hoch.«

»Laßt mich allein. Kommt später wieder.«
Max fühlte, wie sein Haar sich sträubte. Er knirschte mit den Zähnen. Ihm wurde glühend heiß und eiskalt. Wenn er geahnt hätte, daß die Lage so ernst war, hätte er lieber einen Bankeinbruch organisiert, als diese Orgie zu dulden. Max trat mit Wucht gegen die Hauswand. Der Efeu schluckte das Geräusch. Auch hier blühten die Tollkirschen wieder mit ihrem erhitzten und gleichzeitig gedämpften Rosa, wie die Wangen später Mädchen.
»Kaum rührt man sie an, kreischt sie schon.«
»Ihr wißt eben nicht, wie das ist.«
»Ich habe noch nie eine so zimperliche Frau erlebt.«
»Dina, ist das wirklich so schlimm?«
»Vielleicht, wenn ihr mich hier –?« bat Beatrice.
»Aber gern. Steht nicht so dämlich rum, ihr andern da! Legt doch auch mit Hand an.«
»Na also! Es geht doch schon, beinahe.«
»Es geht nicht.«
»So was ist immer psychisch bedingt.«
»Es geht! Du mußt nur wollen.«
»Du redest schon wie ein Sex-Therapeut.«
»Woher weißt *du* denn, wie Sex-Therapeuten reden?!«
»Es geht nicht, weil Christian nicht richtig steht.«
»An mir liegt's nicht, ich stehe fest.«
»Leg sie tiefer.«
»Nein, höher natürlich. Ich meine, fußabwärts.«
»Sind Sie Sadist?«
»Nimm sie doch mal richtig! Da! Philo, Mann, hast du noch nie eine Frau im Arm gehabt?«
»Er hat zu Hause drei Kinder.«
»Drillinge?«

»Nein, natürlich gezeugt. Faß sie doch mal hier – *so!* – an.«
»Da. *Da* mußt du hin, Idiot.«
»Wenn du's besser kannst, mach du's doch!«
»Hört auf! Ihr seid viel zu grob.«
»Nimm dein Knie da weg, du tust mir weh.«
»Da! Da hast du's. Jetzt ist sie wieder umgefallen.«
»Du mußt sie eben richtig stützen, wie ein echter Gentleman.«
»Nehmen Sie sie von vorn und ich von hinten.«
»Nein, nehmen *Sie* sie von vorn und *ich* von hinten.«
»Bitte sehr. Nehmen wir sie eben beide von vorn.«
»Versuchen wir es doch mal zu dritt, in Seitenlage.«
»Rollt bitte von mir runter, alle.«
»Wenn nur Dina nicht immer dazwischen funken würde wie eine Puffmutter.«
»Findet ihr nicht, daß ihr die Situation reichlich ausnützt?«
»Es ist ja kein Vergnügen, mit euch als Zuschauern.«
»Vielleicht braucht es nur einen einzigen richtigen Ruck, und ihr seid durch.«
»Los! Hau-ruck. Ich gebe Hilfestellung.«
»*Nein! Nein! Nein!*«
»Stell dich nicht so an. Du bist doch nicht die erste Frau, der so was passiert.«
»Schade, wir waren schon fast soweit.«
»Also noch mal von vorn. Dreh dich in Rückenlage. Entspann dich.«
»Geht weg. Wir versuchen es später noch mal.«
»Da, eine Hornisse!«
»Wo denn?«
»Da, über uns.«

»Dann macht schnell, beeil dich.«
»Wir müssen ihr ausweichen.«
»Wie denn?! Wir alle zusammen?!«
»Hört auf! Nicht so grob! Ihr seid so roh!« schrie Beatrice.
»Der Anfang ist schon gemacht. So. Jetzt weiter. Faß mich hier.«
»Und wo soll ich?«
»Weg da. Los, komm schon. Schneller.«
»Nicht so schnell!«
»Du mußt. Komm schon. Hier. So. Jetzt.«
»Jetzt geht's, weil die Hornisse kommt.«
»Sie kommt! Jetzt – jetzt – endlich –«
Max hörte ein Zischen wie von einer Druckluftbremse, als stieße jemand scharf die Luft durch die Zähne, und einen Aufschrei von Beatrice; dann Stimmengewirr, Bravorufe und Applaus. Max geriet in Hitze, er drückte sich in den Efeu, einen langen Augenblick lang hörte er nichts. Er versöhnte sich mit der Welt, und hell, klar und süß war sie wieder sein Zuhause.
»Na also! Geschafft! Es klappt doch! So schlimm war's doch gar nicht!«
»Bravo, Beatrice.«
»Ohne Hornisse hätte das noch ewig so gehen können.«
»Es ist grauenhaft! Jetzt brauch ich einen Stock«, ächzte Beatrice.
Einen Stock hatte Max schon entdeckt. Er überlegte, ob er damit hinaufstürzen und alle totschlagen sollte, und Beatrice mindestens halbtot.
Die ganze Gruppe bewegte sich als langsame Prozession durchs Haus.

»Tant de bruit seulement pour s'enlever«, meinte Claire und packte ihr Strickzeug zusammen. »Est-elle tellement malade?«
»Komm mit nach Paris«, sagte Christian leichthin. »Ich kenne einen Orthopäden, da bekommst du die beste Behandlung.«

Beatrice stützte sich an die Haustür, den Rücken im rechten Winkel abgeknickt, eine Hand im Kreuz, und lächelte mit schmerzverzerrtem Gesicht, so gut sie konnte. Christian und Claire verstauten ihre Koffer und das zusammengerollte Bild im Auto und stiegen ein. Sie fuhren los. Alle außer Beatrice winkten zum Abschied.
»Ruft mal an!«
»Kommt mal wieder!«
»Besucht uns in Paris.«
Endlich waren sie weg. Beatrice wandte sich ab und ging mit kleinen Schritten, gebeugt wie eine alte Frau ins Haus. Sie stützte sich auf den Tisch und die Stühle und stöhnte laut. Mit einem Schrei sank sie aufs Sofa.
»Wieviel hat er dir gegeben?«
»Er hat mich runtergehandelt auf siebentausend«, gestand Beatrice etwas kleinlaut.
»Franc? In bar?«
»Franc. Hier sind sie.«
»Siebentausend Franc! Wir gehen ganz toll essen! Ich lade euch ein! Beatrice, das hast du gut gemacht.«
»Sie kann ja nicht mit essen gehen.«
»Nein, mit ihrem Hexenschuß hat sie nichts davon. Schade.«

»Hier, Beatrice, wir haben dir was mitgebracht. Eine halbe Wachtel.«

»Eine ganze halbe Wachtel! Zu gütig. Und was habt ihr gegessen?«

»Hecht mit Forellenfüllung. Oder war es Forelle mit Hechtfüllung?«

»Es war jedenfalls Cuisine minceur.«

»Das gehört zur Bildung. Wieviel Geld hast du noch?«

»Wieviel Geld hast *du* noch?«

»Wir sind Idioten, alle zusammen.«

»Ach was. Hängen wir einfach ein neues Blatt in die Dependance.«

»Jeder hat seinen eigenen, ganz privaten Größenwahn. Jede Putzfrau, jeder Dorftrottel.«
»Wie Philo.«
»Dorftrottel? Ich? Putzfrau? Das hat man davon, wenn man ein einziges Mal hier zusammenkehrt.«
»Wir sagen ja nur, du hast einen Größenwahn, *als ob* du jeden Tag hier zusammenkehren würdest.«
»Oder ein Dorftrottel *wärst*.«
Es war spät nachts. Alle saßen und lagen in ihren Sesseln, zu müde zum Aufstehen, zu schläfrig zum Schlafengehen, und starrten mit offenen, nichts sehenden Augen in die Glut im Kamin und in die Menge der leeren Weinflaschen, in denen algerischer Rotweinverschnitt gewesen war, der, wie Dina wußte, Kopfschmerzen machte, am nächsten Morgen zwar erst, aber der war vielleicht schon da. Es war, dachte Dina, wie in der Wartehalle eines Flughafens morgens um zwei. Oder drei. Sie hätte noch mehr gedacht, wenn sie nicht so fürchterlich, tränentreibend hätte gähnen müssen. Im Fernsehen lief ein Uralt-Spätfilm mit Greta Garbo. Jede Nacht ging das jetzt so, überlegte Dina, daß keiner ins Bett wollte, und schloß auf dem Sofa probeweise die Augen. Es war eine süße Erfahrung. Sie hörte oder träumte, daß Greta Garbo wunderbar französisch sprach und fragte sich, wo sie das wohl gelernt hatte.
»Dina schläft schon.«
Ich schlafe nicht, dachte Dina.

»Worauf warten wir eigentlich noch? Gehn wir doch alle schlafen.«
»Und wer räumt hier auf?«
Darauf antwortete längere Zeit niemand.
»Wir alle hier –«
»Max, Lux, Phlox und Dux.«
»– und Bux.«
»Was?«
»Beatrux.«
»– wir alle hier sollten mal einen Brief an Herrn Deuss schreiben und uns bedanken.«
»Einen Brief in Terzinen mit alternierendem Reim.«
Dina wurde wieder wach. »O ja! Wie Dante.«
»Ein Bild wäre ihm lieber.«
»Ein Triptychon.«
»Ein Polyptychon.«
»Cinquyptychon.«
»Mit uns als Stifterfiguren.«
»Immer diese metaphysischen Abgründe.«
»Höhenflüge.«
»So viel Tiefsinn, immer nachts.«
»Was soll man denn sonst tun, nachts?«
»Schlafen gehen, zum Beispiel.«
»Wir beide?«
»Warum nicht?«
»Sie gehen –!«
»Ach was.«

Lieber Herr Deuss!
Selbstverständlich denkt keiner daran, Ihren Vertex zu fahren, trotzdem ist es schade, daß er nur in der Scheune

steht, weil das Kurbelwellenlager kaputt ist. Sicher können Sie ein passendes auftreiben. Bitte schicken Sie es bald, und Geld, ich hätte jetzt Zeit, die Reparatur machen zu lassen,
Gruß Max
PS. Auf keinen Fall per Nachnahme!
PPS. Ihre sogenannten Gäste sind immer noch da. Es wäre gut, wenn Sie einmal anrufen und deutlich klarstellen würden, daß der Vertex von *niemandem* gefahren werden darf.

Lieber Herr Deuss!
Nachdem wir wieder unter uns sind und etwas Ruhe eingekehrt ist (wir hatten nämlich Übernachtungsbesuch aus Paris) ist es wohl an der Zeit für ein paar Nachrichten aus Ihrem Haus. Alle arbeiten, Lukas malt, Philo schreibt, Beatrice schreibt Konzerte, nur Max tut nichts – wenn ich nicht das Haus in Schuß hielte, Kochen, Einkaufen, Putzen, keiner hilft. Neulich ist auch noch der Strom ausgefallen. Das Haus ist voller Ungeziefer. Ich weiß zwar, daß Sie nicht wollen, daß die Tiere vergiftet werden, aber Sie brauchen mit den Kreaturen und ihren Hinterlassenschaften ja nicht zu leben. Neulich habe ich Pfeffer auf die Fensterbretter gestreut, aber da war es noch viel schlimmer, alle bekamen Durchfall, überall in den Fenstern und dem Schrank und auf dem Herd. Wir übrigens neulich auch. Mit Ihrer Erlaubnis lege ich jetzt ein einziges Mal Gift, es ist Notwehr!
Ihre Dina

Lieber Herr Deuss,
ich brauche bitte schnellstens eine Sternkarte von Mitteleuropa und die Bücher: erstens Ernst Mach, die Analyse der Empfindsamkeit, Nachdruck von 1922, zweitens Erwin Schrödinger, Space-Time-Structure oder so ähnlich, auf deutsch übersetzt, auf keinen Fall auf französisch, drittens den Briefwechsel Einstein–Max Born, falls vergriffen aus einer Bibliothek, falls Sie wollen, daß hier in Ihrem Haus ein Opus Magnum entsteht, bitte sofort. Arbeiten ist hier nur bei gutem Wetter draußen im Freien möglich (weil ungestört). Aber um gutes Wetter kann man Sie ja wohl schlecht bitten!! Falls Sie geplant hatten, mich hier in eine Art Hieronymus-Klause zu versetzen, so haben Sie sich gründlich geirrt. Vier schnarchende Löwen würden mich weniger stören als das niveaulose Geschwätz hier den *ganzen Tag*. Ist es wirklich nötig, daß alle diese Leute hier wohnen, und wozu? Das Essen ist besch-eiden, niemand kocht, niemand putzt und räumt auf außer mir. Max hat uns sogar absichtlich alle krank gemacht!! Wie finden Sie das?! Rufen Sie doch bald an und sorgen Sie hier für Ordnung. Das ist keine Künstlerkolonie, das ist ein Irrenhaus.
Hochachtungsvoll, Ihr sehr ergebener Philo
PS. Was haben Sie sich eigentlich bei Ihrer Einladung gedacht?
PPS. Das erste Buch heißt glaube ich, Empfindungen, nicht -keit. In Avallon wäre ein Textcomputer zu bekommen für 9000 Franc. Was soll ich tun?

urgent petit piano stop partition poulenc la figure humaine stop pain complet allemand stop papier a musique stop bientot urgent poste restante avallon merci beatrice

Lieber Herr Deuss,
ich bin etwas enttäuscht, daß Sie außer uns noch so viele (sämtlich schwer erträgliche) Leute eingeladen haben. Aber ich tue, was ich kann, alle fühlen sich wohl. Übrigens ist es dringend erforderlich, daß der Einkaufswagen wieder kommt. Das Geld für Farben und für Benzin wird auch knapp, wir können ja nicht jeden Tag mit dem Vertex einkaufen fahren. Hier im Ausland wäre auch ein deutsches Zeitungsabonnement schön. Bitte schicken Sie bald einen Scheck. Mit freundlichen Grüßen, Ihr Lukas
PS. Sie können uns gern noch so einen Typen schicken wie Christian. Wir haben ihn und er hat uns ganz gut bedient.

Schüsse hallten durch das Tal. Max übte Combatschießen in der Cureschlucht. Er hob die Parabellum mit beiden Händen an, ging in die Knie und feuerte zweimal schnell nacheinander auf eine moosige Stelle des Felsens zwanzig Meter vor ihm. Er sah nach, wo die Schüsse saßen, und feuerte neu. Beim letzten Schuß pfiff ihm ein Querschläger knapp am Ohr vorbei. Max blieb die Luft weg, er setzte sich und atmete tief durch. Die Brust schmerzte wie nach einem Stoß. Es war dasselbe Gefühl, das er hatte, wenn er mit Vollgas über eine Kreuzung raste und nicht wußte, ob das Auto von rechts bremste oder nicht. Bis heute hatte der andere immer gebremst. Auch diesmal hatte der Querschläger ihn knapp verfehlt. Mit weichen Knien stand Max auf, füllte das Magazin und begann von vorn.

Morgens waren die Scheiben des Relax beschlagen. Mittags wurde es schwül. Abends schlug der Mond eine Brücke zum ersten Glanz des nächsten Tages. Während nachmittags das Land dörrte, die Felder wüstenfarbig gebacken wurden, die Wälder an der Cure sich schwarz verfestigten, die Dachröte von Villemondaine im Hitzeglast verblich, währenddessen war morgens schon eine Stunde lang Herbst. Die Sonne stieg mit Dunst und Nebel zögernd auf. Die kurz geschorenen Wiesen trugen einen weißen kalten Glanz; einen Perlmuttschimmer da, wo nach dem ersten Mähen ein warmes Goldmuster gelegen hatte. Der milchige Dunst brachte eine Farbenkühle, die der Jahreszeit um gut ein halbes Jahr voraus war. Vormittags blendete der Nebel unter dem klaren Himmel, als sei er eine Wasserfläche, und schüttete allzu viel Licht ins Zimmer. So viel Helligkeit machte überwach und unruhig, rastlos. Draußen schrillten dringlich Grillen, Heuschrecken tickten mit der Geschwindigkeit von Uhren ohne Hemmung. Verschiedene Tagfalter, Pfauenaugen und Füchse, fühlten sich dagegen vom Dämmer des Hauses angezogen und hielten sich längere Zeit darin auf.

Die Roggenfelder verfärbten sich semmelgelb und brotbraun. Tagelang trug der Wind den melancholischen Heulton des Mähdreschers heran, eine Mittagssirene für das ganze Jahr, je nach Entfernung klagender oder gedämpfter. Die Stoppeln wurden gewendet und unter

den Wurzeln begraben, und einige Tage später sah Max statt der schon winterlich kahlen Äcker hell keimendes Frühjahrsgrün, eine Farbe, die er lange nicht gesehen und fast schon vergessen hatte.
Die Haferfelder im Waldschatten schimmerten bläulich. Im Vorbeigehen trat Max auf die hohl knackenden Stengel des Löwenzahns und riß Unkraut ab, das in winzigen grünen Fäusten ein wenig Winterweiß, Schnee- und Eisfarben, umklammert hielt. Im Kartoffelfeld am Hang stützte sich eine alte Frau auf die Hacke, eine Hand im Kreuz, und ruhte aus. Unbemerkt ging Max vorbei, während der Wind ihm einen kühlen Finger aufs Ohr legte. Max dachte an Beatrice.
Neue Himmelskörper tauchten auf. Zwei, drei Heißluftballons erschienen am Horizont über Genetoy, wurden größer und trieben langsam vorbei, mit der Würde und Gelassenheit von Planeten.
»Dina sieht schon aus wie ihre eigene Mutter.«
»Zu freundlich. Woher weißt du denn, wie die ausgesehen hat? – Gib mal das Sonnenöl.«
»Zu spät! Das hilft jetzt nichts mehr.«
Nachgedunkelt wie auf alter Leinwand stand die große Fichte vor dem Tal. Kohlweißlinge holperten und stolperten dahin. Die ersten Vogelschwärme bildeten hoch oben lange Linien und Bänder und vollzogen exakte, geheimnisvolle Schwenks.
Abends fiel reichlich Tau, aber niemand wollte aus den Liegestühlen aufstehen. Der Mond stieg weiß wie eine Knoblauchzehe und krumm wie ein Wildschweinzahn in die gut gewürzte Nachtluft.
»Vor lauter Hunger wird man schon ganz poetisch. Der Mond sieht aus wie ein Camembert.«

»Ein alter, der schon phosphorisziert.«

»Er ziert nicht, er wird bloß hart.«

»Und gelb.«

»Wenigstens kriechen keine Würmer aus dem Mond.«

»Also, Leute, paßt mal auf. Wir sind in Frankreich –«

»Guten Morgen.«

»– und da muß einfach auch einmal adäquat gekocht werden. Wozu sind wir sonst hier?«

»Ja, warum eigentlich?«

»Ich habe Herrn Deuss einen Brief geschrieben, daß er einen Scheck schickt –«

»Ich auch.«

»Ich auch.«

»Du nicht?«

»Doch, auch. Also. Ab sofort essen wir nur noch wie landesüblich, mit *Liebe* gekocht, nach Kochbuch und Rezept.«

»Liebe? Ach was. Nach Rezept und mit Kunst, da kommt's drauf an.«

»Das meine ich. Mit Liebe, nach Rezept. Also, wer fängt an?«

»Sehr gut. Wer kocht zuerst?«

»Max und Beatrice?«

»O je.«

»Beatrice! Beatrice! *Be-a-trice!* Darf ich dir mal das Ding hier abnehmen? Das Ding hier abnehmen. So. Ich muß dir was sagen.«

»Wo sind meine gefriergetrockneten Weißweinbrösel?«

»Fällt dir an mir nichts auf?«

»Du hast dir die Ohren gewaschen.«

»Nein.«

»Du siehst aus wie ein Gauner.«

»So, gefall ich dir?«

»Vielleicht. Ich hatte immer schon eine sehr schlechte Meinung von dir. Aber ich hatte nie etwas an dir auszusetzen. Oh, jetzt ist der Safran ausgegangen.«

»Nimm Zinksulfat. Wenn ich dich sehe, dreht sich mir das Herz um.«

»Dann stell dich auf den Kopf. Komisch, daß ein schmutziger Topf, wenn man ihn mit einem schmutzigen Tuch ausreibt, sauberer wird und nicht schmutziger. Meinst du nicht, es reicht jetzt mit dem Pfeffer?«

»Hab ich das die ganze Zeit getan? Wir werden erstikken.«

»Außerdem hab ich gesagt, Pfefferminze, nicht Pfeffer. Nimm die Hand da weg, ich bin leicht erregbar.«

»Da schon? Toll. Was soll denn die Fettecke hier im Topf? Ist das Kunst oder was?«

»Laß stehen! Das ist mein Deziliter Weißwein.«

»Das war kein Deziliter, das war nur ein Schluck. Beatrice –«

»Damit hättest du ablöschen sollen.«
»Hab ich ja getan. Beatrice, laß uns zusammen wegfahren, nur wir beide. Du wirst sehen, ich bin die pure Naturpartitur, die harmonische Klaviatur an sich. Du brauchst mich nur noch ins Musikalische zu transponieren. Wenn du mir die Stange hältst, dann könnten wir –«
»Ich halt dir doch die Stange nicht.«
»– dann könnten wir im Vertex nach Spanien oder Gibraltar fahren. Du findest das Kochen hier wohl sehr unhygienisch?«
»Gibt es hier keinen Drucktopf? Liebe ist eine Frage von dem, was gewesen ist. Ist viel gewesen? Oder wenig? Und eine Frage von dem, was sein könnte. Viel? Oder wenig? Aber nie eine Frage von dem, was ist. Ach, da ist er ja.«
»Suchst du da nicht Orangen unterm Apfelbaum?«
»Nein, nur den Drucktopf. Es heißt doch immer, Liebe geht durch den Magen. Aber wohin geht sie dann?«
»Hinaus.«
»Dann steh mir nicht immer im Weg! Kämm die Katze! Vergewaltige dein Kopfkissen! Schwenk den Salat! Tu doch mal was Nützliches.«

»Lukas, du bist so begabt.«
»So? Das haben mir schon viele gesagt. Schön findest du mich nicht?«
»Doch, auch. Wenn man einem Mann sagt, er ist schön, wird er wahnsinnig.«
»Wer hat es dir gesagt?«
»Niemand. Genial, wie du mit den Haferflocken umgehst. Was hältst du von mir?«
»Nichts.«

»Vielleicht später dann, morgen. Zeit ist eine Struktur der Möglichkeit.«
»Aha. Wäre es möglich, daß du diese Creme hier genau vier Minuten lang kalt schlägst?«
»Womit denn?«
»Mit der Sanduhr. Da ist Eis. Wo sind meine Aromaten?«
»Was?«
»Meine zerdrückten Pfeffer- und Senfkörner und die Gewürznelken in Estragonessig.«
»Ach, die waren das? Im Ausguß. Ich dachte, die Siebenschläfer wären wieder dagewesen.«
»Philo, du bist ein Vollidiot.«

»Max! Ich liebe dich.«
»Das tun viele.«
»Weiß ich. Meinst du nicht, es reicht jetzt mit dem Knoblauch?«
»Ach was! Nur nicht so zaghaft.«
»Max! Darf ich dich mal was fragen?«
»Gern. H – hhh – hh!«
»Wir riechen alle gleich. Max, du bist so schön.«
»Weiß ich. Das haben mir schon viele gesagt. Klug findest du mich nicht?«
»Doch, auch. Max, ich –«
»Hände weg, ich hab' Aids.«
»Ach was. Liebe hat immer was Selbstmörderisches. Merkst du nicht, daß du gar keine Chance hast? Beatrice liebt doch Christian.«
»Wo ist mein Topf? Was denn jetzt noch?«
»Lukas ist so –«

»Ich weiß.«
»Im Bett braucht er –«
»Kann ich mir denken.«
»Du denkst, wir sind ein Ehepaar. Alle Leute denken es. Das stimmt aber nicht. In Wirklichkeit sind wir Sohn und Schwiegermutter.«
»Wer ist der Sohn?«
»Ich bin seine Schwiegermutter, und er ist gar nicht mein Sohn.«
»So? Na ja. Solche Sachen kommen vor. Warum auch nicht?«
»Wenn du also willst, dann könnten wir –«
»Er war dein Fehltritt mit siebzehn und ist es jetzt wieder mit siebenundfünfzig. Viel Abwechslung hattest du nicht.«
»Nein. Ich nehme immer nur eine Zehe pro Kopf und Nase. Hh – hhh – hh! Findest du nicht, wir sollten mal eine Weile aussetzen?«
»Aussetzen, womit? Ja, tut das.«

»Dina! Du bist eine prachtvolle Frau.«
»Weiß ich. Das haben mir schon viele gesagt.«
»So? Dann sag ich dir's noch mal. Das gehört zur ars amandi.«
»Weg da mit deinem Ars. Ich muß mal an die Schublade da.«
»Willst du meine Definition von Liebe hören? Sie ist mathematisch.«
»Wo ist das große Käsebrett?«
»In kleinem Maßstab ist die Sache deterministisch, in großem Maßstab zufallsbedingt. Weil das Phänomen

aus der Summe einer Vielzahl von mikroskopischen Ursachen resultiert. Zwar kann man die individuelle Auswirkung jeder einzelnen Ursache erschöpfend beschreiben, aber das Zusammenwirken ist es, das jede Berechnung unmöglich macht. Dazu kommt noch die Frage der Instabilität.«

»Wie beim Wetter. Wir nehmen einfach das Wespenglas als Käseglocke.«

»Mikroskopisch schnürt es mir das Herz ab, wenn ich dich sehe. Ich fühl mich scheußlich. Trotzdem zieht es mich immer zu dir in die Küche. Es ist makroskopisch-periodisch oder zyklisch bedingt.«

»Du nimmst die Liebe noch persönlich. Im allgemeinen gilt sie mehr als Frauenleiden. Wo ist mein Entenfett?«

»Ist es aphrodisisch?«

»Nein. Warum? Hier, montier mal den Fond.«

»Womit denn?«

»Mit Entenfett. Paß auf! Das Kochbuch brennt an. Jetzt hast du meine pürierte Petersilienwurzel aufgegessen.«

»Wirklich? Ich dachte, es wär Crème fraîche.«

»Philo, du bringst mich zum Weinen.«

»Mit Spucke? Ich meine, wieso?«

»Wie kommt die Wärmflasche hierher?«

»Laß stehen, da ist die Suppe drin warmgestellt.«

»Weißt du, was ich gehört habe? Dina ist Lukas' Schwiegermutter, und er ist ihr Stiefsohn.«

»Hab ich ja gesagt. Für ein Ehepaar hab ich sie nie gehalten.«

»Lukas hätte so gern einen Mann geheiratet, aber Dina hat's nicht erlaubt.«
»Trägst du schon wieder Nagellack? Was gibt's denn heute Schönes?«
»Pars und Totum, Rezept von Philo. Eine Art Brei.«
Max probierte, leckte den Finger ab, warf den Rest zurück in den Topf und wischte die Hände am Hosenboden ab. Beatrice studierte den Watteau. In der Sonne glänzte Gilles wie Aprilschnee, die hilflos herabhängenden Hände blieben im Dunkeln. Der Esel faßte den Betrachter raubtierhaft, mit magischer Kraft ins Auge, als sei ein antiker Gott in das Tier gefahren.
»Warum hat der Kerl nur so breite Hüften?«
»Er ist ein Hermaphrodit.«
»Ein Kretin.«
»Er hat die Hoden am Hals und fickt mit der Zunge wie ein Ziegenbock.«
»Wie angenehm für ihn.«
»Abgesehen von der Kragenweite. Max, ich –«
»Laß mich los, verdammt noch mal! Da, jetzt ist wieder Kurzschluß.«
»Doch nicht wegen uns.«
»Doch! Du hast gefunkt. Du kannst mich mal!«
»Jetzt gleich? – Jetzt geht das Gas auch noch aus.«
»Hol Dina, die hat die fliegende Hitze.«
»*Sehr* komisch. Meinst du, im Bett nennt er sie Mama?«
»Sicher haben sie gefälschte Pässe.«
»Das ist normal. Hier, faß mal mit an. Halt mir mal den Sack.«
»Nein, das geht zu weit.«
»Den Kümmelsack, du Idiotin. Rein mit ihm, den

reduzierten Geflügelfond dazu, den Käse drauf und unter den Grill damit. So, das hätten wir.«
»Wie du beim Kochen stümperst.«
»Und du bei l'amore.«
»Aus dir wird nie ein Franzose.«
»Nein. Wozu auch?«

»Seit Poincarés ›Problème des trois corps et les équations de la dynamique‹ weiß man, daß es viele Lösungen für die möglichen Konfigurationen der Körper gibt und keine Lösung allgemein gültig ist. Lukas, du bist so schön.«
»Was?«
»So schön solide. Komm, laß dich umarmen.«
»Aber *nicht* doch.«
»Aber *ja* doch.«
»Hier, probier mal. Ist es gut?«
»Ja.«
»Magst du's?«
»Ja.«
»Es ist ein neues Rezept. Hast du's gemerkt?«
»Nein.«
»Es ist aus dem neuen Kochbuch. Ich hab hoffentlich alles richtig übersetzt.«
»Sicher. Was ist es denn?«
»Blattspinat in einem Brühwürfel gekocht –«
»Nur gedünstet hoffentlich.«
»Jedenfalls in warmem Wasser. Was schnaufst du so? Ist es Leidenschaft oder Asthma?«
»Das wird zu heiß.«
»Kurz durchmixen.«
»Schnell! Den Pürierstab. Da drüben.«

»Das ist mein Löffel, gib her.«
»Paß auf, es zerläuft.«
»Wer macht denn die Creme, *du oder ich*?«
»Schrei nicht!«
»*Ich schreie nicht* –«
»Nicht den Teller!«
»Und ob! Und die Schüssel!«
»Und da!«
»Und da!«
»Und das da!«
»Und noch!«
»Und hier!«
»Und das noch!«
»Meine Güte, was haben wir da angestellt!«

»He! Was ist denn hier los? Warum haut ihr das Geschirr kaputt?«
»Aus Spaß.«
»Aus Wut.«
»Ich hab doch gesagt, kurz durchmixen!«
»Philo –! Du bist wirklich das Allerletzte.«

»Mein Herz ist eine Scheune voll wilder Pferde. Zitat Ende.«
»Wirklich? Bei mir steht nur ein alter Ochse drin.«
»Dinas Herz ist ein Hühnerstall. Was ist denn das?«
»Salat-Sorbet.«
»Steht das im Kochbuch?«
»Nein. Wenn ich koche, kann ich nicht auch noch lesen. Hier, faß mal mit an.«

»Nein, ich hab genug gekocht. Sag mal, wenn jeder mit jedem einmal kocht, wieviel Möglichkeiten gibt es da? Fünf mal fünf oder fünf hoch fünf?«
»Wenn man die Katze als halbe Portion beziehungsweise als Dezimalstelle mitrechnet, ergeben sich unstabile Reihen nach Art der Feigenbaumschen Bifurkation.«

Venustas ummaunzte Max, warf ihm blau blitzende Blicke zu, umstrich ihn mit dem Schweif, umkoste ihn mit der Flanke, umschnurrte ihn voll innigster Zuneigung. Max stellte ihr den Freßnapf hin.
Venustas fraß die Schüssel leer. Sie warf Max einen kurzen, sachlich abschließenden Ich-habe-alles-du-hast-gar-nichts-Blick zu und schritt davon, sprang aufs Sofa, leckte sich Maul und Pfoten, sah abweisend um sich, rollte sich zusammen und beförderte die Verdauung mit dem Federschweif durch Eigenwärme und Zurückgezogenheit.

»Hast du noch Geld?«

»Nichts.«

»Schecks?«

»Alle weg.«

»Was machen wir dann?«

Im Freien war es feucht und dunkel, aber nicht so finster wie im Haus. Bald würde es wieder hell werden. Es lohnte kaum noch, ins Bett zu gehen. Unhörbar flog ein Kauz über den Nußbaum und schwang sich auf den Dachfirst.

»Wir könnten ein paar Sachen verkaufen, die vielen Möbel, das restliche Geschirr. Wir bringen alles auf den Markt nach Avallon.«

»Wir können doch Herrn Deuss' Haus nicht ausschlachten.«

»Warum nicht? Warum schickt er uns nichts? Solange er nicht kommt, merkt er's ja nicht.«

»Wir können dafür sorgen, daß der Einkaufswagen wieder kommt, und anschreiben lassen.«

»Womit denn? In welcher Währung?«

»Mit Zeit. Wenn Herr Deuss kommt, bezahlt er.«

»Wir könnten zur Abwechslung mal in der Charcuterie Chevaline einkaufen.«

»Niemals.«

»Bier, Wein und Essig könnten wir selber machen, nach Rezepten aus Citeaux.«

»Als Einheitsgetränk?«

»Beatrice könnte in der Bar von Domecy Klavier spielen.«
»In der Badehose?«
»Philo könnte eine neue kleine Kathedralschule aufmachen.«
»Auf französisch?«
»Max kann steppen. Er könnte im Café du Sport auftreten in Villemondaine.«
»O ja. Mir flöten schon die Kniekehlen vor Hunger.«
»Wir müssen ein Auto verkaufen.«
»Verkauf den Relax, dann kriegst du die Hälfte.«
»Hat er Papiere?«
»Wir könnten das Gedicht aus der Dependance verkaufen.«
»Wer das verkauft, ist ein Genie.«
»Max muß seinen Revolver verkaufen.«
»Dina könnte anschaffen gehen.«
»Paß auf, was du sagst, Max. Ich hab' schlechte Laune heute.«

Max schlenderte zielstrebig durch die Stadt. Hinter ihm tuckerte ein Moped. Der schwere Fahrer im Overall holperte über das Pflaster und drückte die Felgen tief zwischen die Steine. Vor dem Café de la Paix stellte er sein Vehikel ab, hängte die Motorradbrille über den Lenker und verschwand durch den Schnurvorhang ins Innere der Bar.

Max kam näher. Er nahm das Moped, schob es an, stieg auf und fuhr los. Niemand nahm von ihm Notiz. In der belebten Grande Rue holte er die Brille vom Lenker und zog sie ins Gesicht.

Auf dem Platz vor St. Lazare standen wie üblich Touristen. Eine ältere blonde Dame mit Schirm und Schultertasche hatte sich einige Schritte von ihrer Gruppe entfernt und den Kopf in den Nacken gelegt, um die Fassade zu bewundern. Max kurvte von hinten auf Armlänge an sie heran, gab Gas und riß am Riemen der Tasche. Es war kein sehr heftiger Ruck für Max, aber die Frau stürzte schwer aufs Pflaster. Max hielt die Tasche fest. Beinahe wäre der Schirm in die Speichen geraten. Die Leute reckten die Hälse nach der Frau, die jetzt auf den Knien lag und laut um Hilfe schrie. Max durchquerte den Uhrturm und bog in die erstbeste Seitenstraße ein, die Rue Masquée.

Am Ende der Gasse ließ er das Moped stehen, nahm die Brille ab und schlenderte davon, die Tasche unterm Arm, die Windjacke darüber. Am Marktplatz erst inspizierte er den Inhalt. Schlüssel, Paß, Puderdose, Führerschein – die Frau war Holländerin, aus Amsterdam. Er fand mehr als hundert Gulden, französische Franc und Traveller-schecks. Die Ausweise stopfte er zurück, Geld und Schecks steckte er ein, die Tasche warf er in den nächsten Hausflur.

»Da! Die Schweizer Gruppe! Übernimmst du die, Philo?«
»Sprich langsam, es sind Berner.«
»Du mußt für die Touristen so vereinfachen wie früher der Klerus fürs einfache Volk.«
»Weiß ich. Die Verständigungsschwierigkeiten zwischen illuminati und idiotae sind mir bekannt. Wie zwischen denen, die Französisch können und solchen, die es nicht verstehen. Wünschen Sie eine Führung?«
»Wie bitte?«
»Eine Führung. Wünschen Sie eine?«
»Gerne. Warum sind hier so viele Göckel dargestellt?«
»Es sind keine Gockel, sondern Basilisken, vorn Gallus domesticus und hinten Schlange. Hierher, bitte, alle. Wir befinden uns im Narthex von St. Madelaine, 1150 geweiht –«
»Wo sind wir heute eigentlich?«
»In Vézelay. Es ist besonders wegen des Tympanons und wegen seiner Kapitelle hier berühmt. Sehen Sie dieses Kapitell da? Es sind Adam und Eva. Überall in der Welt genügt ein Apfel zur Verführung, in Burgund braucht Eva eine ganze Weintraube.«
»Die Frauen sind auch nicht schön hier.«
»Geh weg, Max, du störst.«
»Keine Späße mit der Religion bitte. Denk auch an die, die keine haben.«
»Hier herüber, bitte, alle. Dies ist eine Pilgerkirche. Im

11. Jahrhundert pilgerte man gern. Reisen war Askese, weg von der eigenen Sprache, in fremde Dörfer, wo man unverständlich spricht und denkt. Es war Buße –«
»Für uns sind das Ferien.«
»Auf den Kapitellen finden Sie den heidnischen Pilger Odysseus gleich zweimal, Achill, Ganymed, Sirenen, Zentauren, Chimären, Basilisken, Heuschrecken, Dämonen, Faune, Sternkreiszeichen, Jahreszeiten, alles eben, was einem als Emanation des Fremden im Ausland begegnet. Nach der Philosophie des 11. Jahrhunderts ist die gesamte Natur zur Vergeistigung bestimmt. Die sinnliche und die intelligible Welt als Juxtaposition –«
»Die Welt als Jux.«
»Max, sei still. Ja, im traditionellen Rahmen von Animalität und Rationalität ist gerade dem Grotesken in Vézelay breiter Raum gegeben. Sehen Sie hier verschiedene Zwischenformen von Mensch und Tier auf dem Tympanon, die hundsköpfigen, schweinsnasigen, elefantenohrigen Völker, die Einbeiner, Riesen und Zwerge. Nach den Reiseberichten des Plinius kann man alle identifizieren, ich will keine Namen nennen –«
»Schweizer.«
»Nein. Max, verschwinde endlich. Es ist ein Hinweis auf den Ideenreichtum des dator formarum, neuplatonisch ausgedrückt auf die Rückkehr der Natur zu ihrem Ursprung. Ganz oben, an beherrschender Stelle, sehen Sie einen Hund, einen Akrobaten und eine geschwänzte Seejungfrau beim Radschlagen.«
»Sagen Sie mal! Diese plissierten Falten und Kreise am Gewand. Gab es damals schon Chiffon?«
»Das ist kein Chiffon, das ist Metaphysik, das Kreisen der Himmelsschalen ist gemeint, junge Frau.«

»Oh, danke. Ich bin achtzig.«
»Genau das meine ich. Bald legen Sie die Krücke weg. Die Greise sind die jüngsten im Ring der Zeit und stehen dicht vor der Geburt. Sehen Sie mal hier an der Ecke den Engel des Jüngsten Gerichts. Er ist sehr berühmt. Ich muß Sie auf etwas hinweisen, worauf vor mir noch niemand hingewiesen hat. Dieser Engel ist so jung und so kindlich dargestellt, weil er erst fliegen lernen muß. Er wird an den Armen halb gehoben, halb geschleift, als ob er noch nicht mal laufen könnte.«
»Das ist ganz ahistorisch«, sagte ein weißhaariger Siebziger.
»Dies ist eine Pilgerkirche, junger Mann. Nach einer Reise kommen Sie sich bei der Ankunft auch jünger vor als bei der Abfahrt.«
»Das täuscht.«
»In den romanischen Kirchen in Burgund haben Sie normalerweise das Jüngste Gericht im Rücken und sehen nach vorn auf die Anfänge der Zeiten, Adam und Eva, die Propheten und so weiter, das Vergangene wird verewigt, die Ältesten werden die jüngsten, Hierarchie geht vor Chronologie, wobei die Darstellung gewalttätiger grausamer Szenen für die minus scientes bevorzugt wurde, Literatur für Analphabeten.«
»Anal-phabet, aha. Schade, daß ich nie Griechisch hatte.«
»Max, wenn du nicht sofort –! Ich werf dich eigenhändig raus. Beachten Sie die vielen Gewalttätigkeiten, dies Treten, Prügeln, Niederschlagen, Aufschlitzen, die Welt als Kampfplatz auf den Kapitellen. Wozu soviel Niedertracht, werden Sie fragen? Seit

Boethius kennen wir kaum den Ursprung des Bösen und noch viel weniger sein Ziel. Hier dagegen führt eine Lichtstraße von den Fenstern her wie eine Leiter mitten durchs Schiff nach vorn, besonders schön zu sehen am längsten Tag des Jahres gegen Mittag. Beachten Sie auch die Heiterkeit, den hellen rosigen Stein der Basilika, die einer Sünderin geweiht ist.«

»Du brauchst auch immer eine Hypothese als Prothese, Philo.«

»Das ist keine Hypothese, die Kirche ist so gebaut. Noch jemand Fragen?«

»Wo gibt's hier Würstchen?«

»Wer ist das überhaupt?«

»Magister Theophil von der Sorbonne«, erklärte Max, »er hat über das Basilikum promoviert, post mortem honoris causa«, und warf nachlässig eine Münze in Philos offene Mütze.

Die Zuhörer verliefen sich, nicht ohne korrekt, wie Schweizer sind, die Passage an Philos Mütze vorbei gemacht zu haben.

Philo setzte die Brille auf und zählte.

»Elf Franken und sechsunddreißig, siebenunddreißig, achtunddreißig Franc und ein – was ist das denn hier? – ein holländischer Gulden.«

»Da kommt ein Bus aus Amsterdam. Laß die Sophie noch mal raus, Philo.«

Durch die Busfenster sahen die blonden Köpfe älterer holländischer Damen zur Basilika herüber. Max zog es vor zu verschwinden.

Er setzte sich in ein kleines Restaurant und aß sich mit dem Ertrag seines Überfalls satt, zum ersten Mal seit Monaten satt, zum ersten Mal wieder allein. Er hatte

Glück und konnte mit Gulden bezahlen. Das Ziel des Bösen –? Sattheit? Unabhängigkeit? Ungestörtheit? Philo dagegen hatte Pech. Die Holländer verstanden kein Deutsch. Eine Gruppe Engländer, die später eintraf, wollte ungeführt bleiben. Ein Bus mit Deutschen (aus Krefeld) hatte einen eigenen Führer dabei. Als Philo sich an einzelne Touristen heranmachte, wurde er vom Küster verjagt.

Dina bügelte. Philo saß in der Küchentür auf der Schwelle. Die Tabakpflanze hatte ihre letzten, obersten Blüten ausgetrieben, die Tollkirschen trugen jettschwarze Beeren. Philo sah träumerisch über das Tal. »Welcher Maler hat das Vieh so kunstvoll unter Bäumen arrangiert – Raeburn, Ruisdael oder wer?«
Seine durchs Brillenglas winzigen, wäßrigen Augen richteten sich in schmelzendem Flehen auf Dina, als verberge sich hinter dieser einen, banalen Frage eine zweite und viel wichtigere.
Dina sah aufs Fenster und die zerlaufene Butter und den geschmolzenen Käse auf dem Fensterbrett. »Räum doch mal die Sachen in den Eisschrank, Philo.« Am Straßenrand suchten fremde Leute mit Tüten und Stöcken nach Champignons. Über Philos Kopf sah Dina vergilbte Wiesen straff in der Sonne ausgespannt wie Löwenfelle zum Trocknen. Hügel und Täler schienen sich in der Mittagshitze zu dehnen, zu strecken und zu glätten. Dina stellte ihr Bügeleisen ab.
Sie zog ihr frisches Kleid an und machte einen Spaziergang. Wieder, wie im Frühjahr, sah sie ausgedehnte gelbe Felder; statt Raps blühten jetzt Sonnenblumen auf großer Fläche. Maisstauden knisterten. Die unreifen Maiskörner sahen aus wie Hirschzähne und schmeckten wie rohe Erbsen, nur besser, süßer, stärkehaltiger. Dina aß einen halben Kolben und war satt. Die maisfarbene Sonne – wie ein älterer Herr, dachte Dina, der noch

feurig wird, wenn er auch die volle Höhe nicht mehr ganz erreicht – entwickelte noch einmal Kraft und Hitze auf den Feldern. Dina sah über das Tal nach Villemondaine. Die Welt verhüllte die schärfer werdenden Konturen mit allerhand Feuchtigkeit und Dünsten, putzte sich auf mit Rougeflecken hier und da, mit Rauchblau, Goldstaub und Silberschimmer. Mittags dampften die Felder, die Sonne drängte; also weg mit dem Schleierzeug; die Welt strahlt auf und legt sich offen. Im schrägen, schmeichelhaften Licht zeigt sie Wölbungen, Einschnitte und Senken, die sie bisher noch nicht preisgegeben hatte. Die Sonne, er, le soleil, der in Frankreich männlich ist, greift mit langen Speichen in den Wald und befingert und beleckt jeden einzelnen Ast wie ein geschickter Liebhaber, bis er am Abend verschwenderische Goldgüsse über die Erde und in den Himmel entläßt und das Tal mit langen Schlagschatten belegt. Die Welt erglüht, mit Silberfäden und Sprüngen wie auf alten Porträts, diese Kokotte; und erst bei genauem Hinsehen entdeckte Dina, daß der Berg hinter Urbainville nur eine künstliche Nachbildung aus grauen Wolken war.

Ja, die Sonne, der alte Feuerwerfer, zwinkerte Dina mit zwei Lidschlägen zu, während sie wieder am Fenster stand und zwei Tauben vorbeiflogen. Die Grillen wisperten nur noch, und ölige Spinnwebscheiben schimmerten dicht an dicht im kurzen Gras. Das paillettenbesetzte Negligé im Schaufenster von Avallon, das Dina seit dem Frühjahr bewunderte, setzte sich in ihren Gedanken fest. Und wie lange war sie nicht mehr beim Friseur gewesen? Bezahlen konnte sie später.

In der Einfahrt ängstigten sie die betrunken torkelnden Wespen und Hornissen auf den vergorenen Birnen.

Dann sah sie die rasanten Streifenmuster, die phantastischen Taillen, die Goldgrundierung des Nachmittags. Sie stieg in den Relax und fuhr los.
Weißgetünchte Hausfassaden strahlten ihr entgegen. Halb eingefallene Mauern waren mit roten Gobelins aus Wildem Wein geputzt und mit Obstspalieren abgestützt. Die ordinären Rübenblätter glänzten wie gebuttert. Manchmal glaubte Dina, ein Auto mit Licht käme ihr entgegen; doch nur Farn und Queckengras hatten am Straßenrand ihre Herbstfarben aufgeblendet, und sie war umsonst ausgewichen.
Auf der Rückfahrt schimmerten die Straßengräben im Lampenrosa drittklassiger Hotels, Autos schoben gewichtige Schatten. Die Pappelreihe an der Cure war mit Goldspritzern abgeduscht. Aber lange konnte die Sonne sich nicht mehr auf der Höhe halten. Sie ergraute und erblindete schnell und versank in der Dämmerung. Dina war's egal. Neben ihr lag ein teuer aussehendes Päckchen. Sollte die Sonne untergehen, *sie* würde funkeln!

»Du!« rief Dina und rüttelte die unvertraut knochigen Schultern. »Wach auf!«
»Was ist? Leg dich wieder hin. Komm her, sei still.«
»Für wie alt hältst du mich eigentlich?«
»Ist doch egal. Es gibt Sachen, die lassen sich nicht zählen.«
»Findest du nicht, ich bin ziemlich auf die schiefe Bahn geraten?«
»Wie du funkelst im Dunkeln! Nein, auch nicht mehr als die Sonne und der Mond. Sei still, halt den Mund, schlaf wieder ein.«

»Max!« rief Dina und rüttelte ihn. Es war heller Tag. Überrascht und betreten sah Max, *wen* er da im Arm hatte.
»Max, laß uns zusammen wegfahren. In deinem Koffer hast du noch Travellerschecks.«
»So, hast du nachgesehen? Das würde Lukas aber schwer treffen.« Max gähnte. »Ist er wirklich dein Sohn?«
»Denkst du immer noch an Beatrice?«
»Nein.« Max betrachtete sie angewidert. Was sollte er jetzt, bei Tageslicht, mit dieser plumpen Person anfangen, die mit wirr gesträubtem Haar dramatisch neben ihm im Bett saß? In dieser Nacht war es ihr plötzlich, ohne Vorwarnung, eingefallen, ihn zu vergewaltigen. Wie wurde er sie nur wieder los?

»Was hältst du von Philo?«
»Nichts. Max, wir beide könnten doch –«
»Nein. Neulich hab ich eine Frau ausgeraubt.«
»Ach was. Max, wir beide –«
»Nein.«
»Nein und nein. Warum hast du mich dann siebenmal –?«
»Tatsächlich, so oft? Aus Versehen. Ich mußte mir vorstellen, du wärst Beatrice, sonst wär' überhaupt nichts gegangen.«
»Max, du bist ein Rüpel, ein grober Klotz.«
»Erst überfällst du mich im Schlaf und dann beschimpfst du mich. Was ist auf einmal los mit dir?«
»Hier, ich hab ein Geschenk für dich.«
»Ein Ohrring. Ein einzelner! Ist er echt? Was soll ich damit?«
»Ich gebe zu, ein Rasierapparat wäre sinnvoller gewesen. Trotzdem, zieh ihn an! Er bringt Glück. Er soll Krankheiten abhalten.«
»Krankheiten! Aha. Was hast du da für einen Pickel?«
»Max, du bist ein Widerling.«
»Weiß ich. Das haben mir schon viele gesagt, hinterher. Verschwinde jetzt, ich will aufstehen.«

In der Küche traf er Beatrice. Sie warf eine Handvoll Batterien in den Müll. »Eigentlich brauche ich sie nicht mehr.«
»Sind alle leer?« Max kramte im Küchenschrank nach etwas Eßbarem.
»Sie waren immer alle leer«, sagte Beatrice und ließ Wasser in den Teekessel laufen.

»Was?«
»Ich habe nie Batterien im Walkman gehabt.«
Max drehte sich um. »Was sagst du da?«
»Ich habe nie Musik gehört«, erklärte Beatrice, »der Walkman ist bloß Attrappe. Eine Art Ohrenschützer.«
Diesmal war Max beinahe sprachlos. Er starrte sie an. »Aber was – wozu –«
»Ich konnte euer Geschwätz nicht ertragen«, erläuterte Beatrice und setzte den Kessel auf den Herd.
Normalerweise hätte Max gelacht, aber heute nahm er ihr Geständnis übel. »Dann bist du also gar keine Komponistin?«
»Doch, doch.«
Max maß sie von Kopf bis Fuß. Sie hatte alle reingelegt, dieses kleine Miststück. Sollte er sich das gefallen lassen oder sie gleich hier auf den Küchenboden werfen? Er machte einen drohenden Schritt auf sie zu. »Du mieses kleines Mistvieh! Warum hast du das nicht gleich gesagt?!«
Beatrice erschrak. Sie raffte ihr Nachthemd, hielt den Kessel mit heißem Wasser zwischen sich und Max und trat den Rückzug an, knallte die Tür zu und schloß ab.

Auf der Treppe begegnete er Lukas. Max trat zurück, um ihn vorbeizulassen. »Weißt du schon das Neueste?«
»Ja, allerdings«, sagte Lukas aggressiv.
»Beatrice hat nie Batterien in ihrem Walkman gehabt.«
Normalerweise hätte Lukas sich noch stundenlang gewundert, aber heute beschäftigte ihn etwas anderes.

»Was fällt dir ein, dich über Dina herzumachen?«
Lukas ballte die Fäuste. Max blies sich auf.
»Du mieser kleiner –«
»Schon gut, schon gut.«
»Wo hast du meinen Ohrring her?«
»Gefunden.«
»Max, paß auf, daß du's eines Tages nicht zu weit treibst.«

An diesem Morgen war es neblig, es gab keine Tagesvorstellung heute, der Bühnenvorhang blieb geschlossen. Als Dina hinter der Hausecke nach Weintrauben suchte, wurden Haar und Kleider naß. Die Trauben erwiesen sich als leere Hülsen, ausgehöhlt von Wespen, die lautlos flogen. Venustas wurde in die Pfote gestochen und humpelte jämmerlich.
Das Haus kühlte aus. Beatrice fror am meisten.
»Wenn wir nur die Heizung anstellen könnten!«
»Jetzt schon? Das ist Verschwendung.« Dina trug ihren vom Brombeerpflücken zerrissenen Pullover, und die grüne Brosche saß nach Schmeißfliegenart immer wieder an einer anderen Stelle, die es gerade nötig hatte.
Abends nach Einbruch der Dunkelheit fuhr Lukas nach Avallon und besorgte Briketts für den Kamin.
»Pack die Briketts in Zeitungspapier, dann halten sie die Glut länger«, sagte Dina.
Max staunte, daß sie solche Tricks kannte; und ein ganzer Abgrund von Entbehrung und ansteckender Armut, in der gehungert wurde und das einzelne Brikett nur eingewickelt aufs Feuer kam, tat sich vor ihm auf.

Seit Tagen regnete es. Man konnte nicht viel tun. Lukas hielt die Scheune besetzt und bastelte an seiner Erfindung, einer Fön-Wespenvernichtungsmaschine. Beatrice blieb im Bett. Dina räumte die Küche auf. Philo arbeitete (oder schlief; was dasselbe ist, wenn man auf Ideen hofft) in seinem Zimmer. Max stand am Fenster und sah dem Schauspiel des Regens zu, wie sein gerades Niederrennen sich beschleunigte oder verlangsamte, sich verdünnte, sozusagen verwässerte und mit frischem Ungestüm begann. Das Haus war kalt und feucht und dunkel und schon am Morgen abendlich wegen des Lampenlichts. Das Fernsehbild flimmerte, so oft der Wind die Antenne traf; eine grüne Walnuß hoppelte übers Dach und hüpfte auf den Kies, ein Ziegel rutschte klappernd hinterher. An der Wand bildete sich ein großer brauner Fleck. Das ständige Rauschen und Tröpfeln war einschläfernd. Max wechselte die Aussicht und sah durch den Kamin nach oben. Die Wolken jagten dahin und regneten ihm ins Gesicht. Mißmutig setzte er sich unter die Lampe und feilte weiter an seinem Türkeil.

Aus dem Wind wurde Sturm. Die Fensterkreuze knirschten und knackten, draußen schwankten, wogten und gischteten die Wipfel. Die Blätter des Nußbaums zerrten und rissen an den Stengeln, flatterten mit den Ästen hoch und stürzten gierig, wild herab auf etwas, das es nicht gab, wie hysterische, hungrige Hühner. Dina kramte im

Küchenschrank und fand endlich die Tüte Crème de Volaille, nach der sie die ganze Zeit gesucht hatte, ohne zu wissen, was sie eigentlich suchte. Eine losgerissene Weinranke peitschte die Fensterflanke, und Dina schüttete noch eine Dose Ochsenschwanz in den Topf. Sie rührte um und sah die Konturen des Tages draußen in Nässe und Trübheit zerfließen. Sie schmeckte ab. Fad. Sie würzte kräftig. Die Suppe wurde nicht heiß, das Gas flackerte, über die Steinböden und von den Fenstern her pfiff der Wind durchs Zimmer. Dina fror, obwohl sie zum Schlafrock Pelzstiefel und Strickjacke trug.
Mit dem Tablett öffnete sie die Küchentür.
»Mach uns doch mal Feuer, Max. Wo ist eigentlich Lukas? Ach, da ist Yves Mourousi.« Ihr Gesicht hellte sich auf. Sie stellte die Suppentassen ab, setzte sich aufs Sofa und lächelte der Mattscheibe zu. Eine tiefe Stimme füllte das Zimmer mit dem Auf und Ab einer fetten Hummel im Kamin, ein Sommergeräusch. »Ich liebe Yves Mourousi!«
Max sah kurz auf. »Ich hasse schwarze Augen. Da sieht man ja nichts.«
»Die sehen genauso hell wie wir.«
Beatrice erschien barfuß, in Pyjama und Mantel, auf der Treppe, das Gesicht vom Schlaf verquollen, was ihr auf dem einen Auge einen tückischen Ausdruck gab. Ohne den gewohnten Walkman hing ihr Haar ungekämmt und strähnig ins Gesicht. Sie gähnte ungeniert. »Gibt's noch Kaffee? Ach, Pina Bausch ist in Paris. Schön, daß noch andere Kulturtruppen unterwegs sind als bloß wir.«
»Die? Die tanzen doch nur. Ist das Philos Pyjama? Auf dem Tisch steht heiße Suppe.«

Beatrice setzte sich zu Dina, zog die nackten Füße unter sich und nahm Venustas auf den Schoß.
»Französisch ist eine *so* hübsche Sprache, wenn man es versteht«, schwärmte Dina.
»Eigentlich müßten Franzosen viel intelligenter sein als wir, weil sie viel schneller sprechen«, meinte Beatrice. Sie gähnte ausgiebig.
»Seit wann ist Intelligenz eine Frage der Geschwindigkeit?« Max pustete den Metallstaub vom Keil.
»Der Auffassung.«
»Die sagen auch nicht mehr als wir.«
»Aber schneller.«
»Dann müßten sie schon am frühen Abend mit Reden fertig sein.«
»Ach so, deshalb das Getue mit l'amour.« Max entfernte eine Ameise aus seiner Tasse und probierte die Suppe. »Total versalzen. Was hast du denn hier zusammengemurkst?«
Dina, ganz Auge, ganz Ohr für Yves Mourousis Sendung, erinnerte sich nicht mehr, was es gewesen war.
»Tütensuppe eben. Da, Raymond Barre ist in London.«
Alle sahen kurz hin. Raymond Barre räusperte sich, öffnete den Mund und stieß Laute in einer fremden Sprache hervor.
»Toll! Er kann walisisch.«
»Er spricht gälisch.«
»Französisch war es nicht.«
»Es sollte englisch sein, glaube ich. Mach uns doch mal Feuer, Max.«
»Französische Politiker sind die besten Komödianten.«

»Weil Reden und Denken allein sie nicht genug beschäftigt, sie brauchen noch was nebenher.«
»Das stimmt. Wenn Philo denkt, tut er sonst nichts.«
»Das ist deutsch.«
»Ich bin Hugenotte«, widersprach Philo von oben durch die Decke. Man hörte sein Bett knarzen, dann seine Schritte. Er öffnete die Tür und kam herunter, in einem dicken Winterpullover aus ungefärbter Wolle, Jeans und Sandalen. Auch er sah recht verschlafen aus.
»Sind das meine Jeans?« fragte Max drohend.
»Ja, warum? Wann gibt's Mittagessen? Wer kocht überhaupt? Wie spät ist es? Ich bin hungrig.«
»Es ist nach eins, mit Yves Mourousi«, sagte Dina und blickte auf das Funkeln der schwer beringten Hände. Die Watteausche Küchenuhr zeigte gar nichts an, die lange Knopfleiste blieb dunkel.

Es wurde wieder Abend; aber das hatte es heute schon mehrmals getan. Der Wind drehte sich, ein Ast scheuerte an der Rückwand, die Hintertür klopfte und bewegte sich mit hohlen Nebelhorn-Geräuschen im Scharnier. Fensterläden klappten, der Kamin rauchte, alle hatten Kopfschmerzen. Immer noch lief der Fernseher, das Bild schlug Wellen samt dem Rock 'n' Roll-Sänger, der Bettfedern in den Knien hatte. Max döste im Sessel, die Beine ziellos ausgestreckt, Dina strickte, Lukas las, Philo blätterte in seinem Manuskript. Das Papier war klamm, Büroklammern hatten Rostspuren hinterlassen, die Klebestellen lösten sich. Philo wurde ärgerlich. »Merde alors!«
»Quoi?«

»Was heißt eigentlich s'enmerder?« erkundigte sich Dina.

»Gleich kommt ›Die Nacht der reitenden Leichen‹. Wollen wir das sehen?« Beatrice hielt die Fernbedienung in der Hand.

»Nein, danke. Eure Gesellschaft genügt mir schon«, sagte Max grob.

»Vous êtes un drôle d'homme, Max.«

»Ta gueule.«

»Je vous aime pas.«

»Was?«

»Kannst du nicht französisch sprechen wie jeder hier?«

»Nein. Wozu? Ich bin hier Ausländer. Wozu soll ich dann noch ausländisch reden?«

»Alles bloß eine Funktion des linken Testikels.«

»Was?!«

»Hast du noch nie von der rechten und linken Hirnhälfte gehört?«

»Doch, aber –«

»Eben.«

»Warum sollen wir einen Schwarz-Weiß-Film sehen? Da kann ich ja gleich mein Buch lesen. Such doch mal was Vernünftiges«, sagte Lukas unzufrieden. Beatrice schaltete um.

»Toll, diese Linken hierzulande! Sitzen da auf vergoldeten Schnörkelstühlen und lassen sich von Frackträgern bedienen wie Louis Quinze persönlich.«

Rennwagen surrten mit dem Geräusch aufgescheuchter Wespenschwärme dahin. »Schalt um!« rief Dina.

Beatrice schaltete weiter und kam zu einer Szene, die ihr bekannt vorkam – deutsche Häuser, deutsche Straßen und Autokennzeichen und ein unverkennbar deutsches Gesicht – der vertraute Kommissar einer Freitagabendserie.

Alle Schauspieler sprachen makellos französisch; diese Tatsache erfüllte Beatrice zunächst mit Stolz und patriotischen Gefühlen, auch wenn die Zungenfertigkeit nur künstlich in den Mund gelegt war. Gleichzeitig fiel ihr auf, daß alle sich absonderlich langsam und wenig bewegten und auch kaum etwas sagten. Sie gestikulierten nicht, sie sahen aus wie ausgestopft. Die fremde Sprache hatte sie total verändert und besser verkleidet als ein Kostüm. Das gedankenvolle Beinahe-Mitgefühl und Fast-Verständnis für Täter und Opfer, das den Kommissar mit den feuchten Basedow-Augen immer ausgezeichnet hatte, verkehrte sich auf französisch in sein Gegenteil. Was auf deutsch unerschütterlich, klug und überlegen gewirkt hatte, verwandelte sich in Sprachlosigkeit, Inkompetenz, Hilflosigkeit und ratlose Verstörtheit. Wie war das möglich? Die Dialoge blieben doch dieselben. Auch die Mitspieler sprachen und bewegten sich schwer gehemmt und träge, das Mienenspiel blieb maskenhaft starr und verlangsamt, als agierten hier lauter Parkinson-Kranke. Englische, schwedische, amerikanische Filme hatten denselben Effekt. Franzosen mußten diese Nationen für beschränkt halten. Dagegen waren französische Importfilme in Deutschland nur etwas für Liebhaber – diese ständige unverständliche Aufgeregtheit! Die Hektik und Atemlosigkeit beim Sprechen, die verschluckten Silben, abgebrochenen Sätze, hastig wie in vollem Lauf, die Überdrehtheit, als hätte der Film auf deutsch unbedingt eine halbe Stunde länger dauern müssen – !

Beatrice schaltete um, in einen französischen Film, eine

Komödie mit echten Franzosen. Worte und Gesten überstürzten sich. Was redeten sie nur, was ein schweigsamer Norweger nicht auch, mit wenigen Worten hätte sagen können? Die Frauen des Stückes waren zurückhaltender, sie schwiegen gelegentlich, wenn eine Antwort erwartet wurde, guckten weg, wandten sich einfach ab, als ob der andere gar nicht vorhanden sei; doch der fand das nicht unhöflich, sondern redete um so mehr. Beatrice entschied, daß es Frauen in Frankreich in dieser einen Hinsicht leichter hatten; all die männlichen Ausdrucksformen des Nickens, Kopf- und Fersenwiegens, das Brauenzucken, Genickstreichen, Händespreizen, Augenzwinkern blieb ihnen erspart; die weitäugigen Unschulds- und Erstaunensmienen, das Am-anderen-Vorbeireden, theatralisch-resignierte Aufstöhnen, Grunzen, Auflachen, das »Non!« bedeutet, die Tja-Fältchen, das Puh-Pusten, phhh!, mhm, das schulterhebende oh-lala-voilà!, mit dem eine zweite, teils der wörtlichen gegenläufige, Unterhaltung geführt wurde – dies brauchten Frauen nicht vorzuführen, es genügte, wenn sie es verstanden. Dagegen sahen deutsche Gesichter vom Mund an aufwärts wie erfroren aus, und Beatrice überlegte, wie lange sie diesen Anblick noch ertragen müßte.

In diesem Augenblick ging das Licht aus, da das Fernsehbild erlosch, es war stockfinster im Zimmer.

»Was ist denn jetzt passiert?!«

»Der Strom ist weg.«

»Warum denn jetzt, wo der Sturm schon fast vorbei ist?«

»Das ist eins der Geheimnisse der französischen Provinz. Vielleicht ist der abgeknickte Mast oben an der Straße endlich umgefallen.«

Nach längerem Suchen und Tasten fand Dina eine Kerze im Küchenschrank, zündete sie an, klebte sie auf einen Teller und stellte sie auf den Tisch. Die Schatten flackerten in der Zugluft. Auch die Straßenlaternen von Villemondaine waren verschwunden, ein ungewohnter, düsterer Anblick. Ringsum erstreckte sich die sternlose Nacht in öder grenzenloser Tiefseeschwärze. Nur die Glut im Kamin leuchtete matt.

»Was machen wir jetzt?«

»Ausziehpoker«, sagte Lukas.

»Mit Beatrice im Pyjama? Und Dina im Schlafrock? Ts, ts, ts«, tadelte Philo. »Wirklich, Lukas, vor den jungen Leuten hier.«

»Also dann Scharaden.« Max steppte leichtfüßig durchs Zimmer und hinaus. Er kam im Trenchcoat wieder und öffnete ihn weit. »Wer bin ich?«

»Ein Exhibitionist.«

»Ts, ts, ts.«

»Rousseau.«

»Wieso Rousseau?«

»Augustinus.«

»Montaigne.«

»Ionesco.«

»Also dann doch Rousseau, er hat's wirklich gemacht«, sagte Philo und klappte sein Notizbuch zu. In den huschenden Schatten konnte er nicht lesen. »Ich sollte mal meinen Lektor anrufen.« Er ging zum Telefon. »Vielleicht schickt er einen Vorschuß.«

»Weißt du überhaupt, wie spät es ist?«

»Nein. Woher denn? Gib mal die Kerze. Hallo! Hallo? Hier ist Philo. Ja, Theophil. Ja, aus Frankreich. Ich rufe eigentlich nur an, weil das Licht aus ist. Nein, kein lusus ingenii, wir sitzen hier im Dunkeln. Was? Halb zwei? Ich dachte, viel später. Es geht eben nichts über ein richtiges Cogito-Jetzt. Nein, nein, ich navigiere nach größeren Sternen. Ja, der Perspektive. Sommerwinter rollen dahin«, sagte Philo, klemmte den Hörer zwischen Ohr und Schulter, brachte aus seiner Tasche eine kleine blaue Weltkugel zum Vorschein und begann, sie in den Händen zu drehen. Er spitzte einen Bleistift. Beatrice betrachtete das ernste Gesicht im Kerzenschein mit steigendem Interesse. Wenn der Pantokrator ein Antlitz hätte, dann bestimmt nicht das eines Franzosen. Aber Philo war ja Hugenotte. Er schüttelte den Abfall aus der Kugel. »Alle hier haben sehr viel zu tun«, fuhr er fort. »Das einzige, was uns fehlt, ist Zeit. Und Geld. Ja, die Welt ist ein rollender Diamant, der Augenblicke von sich sprüht. Ja, Ansichtssache. Ich kann die Mechanismen nur beschreiben, nicht erklären, ich bin ja nicht –. Ja, die Assoziation besteht darin, daß Sie uns dringend einen Vorschuß schicken müssen. Ja, pleite sind. Kein Geld mehr haben. Ja, alle. Wir sitzen hier im Dunkeln, wir hungern hier, wir frieren, die Lage ist ernst. Nein, das kann ich nicht machen, das hatten wir doch schon bei Ernst Mach. Ja, ich mach Ernst, ich scherze nie. Raumempfindungen, Zeitempfindungen, aber nicht mehr die von 1886, das sind schon Pöbel-Philosopheme. Ganz neu, aber dafür braucht man Licht. Und Geld, Geld für Bücher. Noch zweihundert Seiten. Schicken Sie was? Warum nicht? Wie kommen Sie darauf? Ich? Ich doch nicht. Ich! Grotesk. Ich bestimmt nicht. Wir hungern hier! Wir machen keine Scherze. Ja, die Lage ist ernst. Ja, ja. Ja. Ja. Ja, klar. Ja, genau. Ja, bald. Bis dann.«

Philo legte auf und brachte die Kerze zum Tisch. Seine

Brille funkelte wild und blitzte lebhaft. »Kokettieren Sie nicht, sagt er zu mir. Er! Mir! Kokettieren Sie nicht. Kokettieren Sie nicht! Hat er gesagt. Und das zu mir. Wie findet ihr das? Und das zu mir. Der soll nur warten. Wenn mein Buch erst da ist! Dann stockt die Welt. Dann rollt sie nicht einfach so weiter. Dann ist Sand im Getriebe. Dann müssen alle nachdenken. Dann ändert sich alles. Ihr werdet staunen! Dann könnt ihr mich alle –«
»Warum fängst du nicht endlich an?«
Doch Philo brauchte gar nichts mehr zu sagen. Wie zur Bekräftigung seiner Worte flammte die Lampe auf, der Fernseher lief und tönte weiter, in der Küche sprang der Eisschrank an, und vom Dorf gegenüber leuchteten die Lichter in ihrer gewohnten Sternbildform.
»Bravo, Philo! Du illuminierst uns.«
»Du ridicule au sublime il n'y a qu' un pas.«
»Nox erat et caelo fulgebat.«
»Was?«
»Luna. Horaz! Der Regen hat aufgehört.«

Ein kleiner gelber Lieferwagen der EdF rollte die Straße herab und hielt. Der Fahrer stieg aus, legte Steigeisen an und kletterte auf den nächsten Mast. Oben hantierte er eine Weile an den Drähten, stieg herunter, verstaute sein Werkzeug im Auto und fuhr weg, ohne von jemand am Haus Notiz zu nehmen.

Niemand ahnte etwas Schlimmes. Doch abends war kein Strom da.

»Der Kerl hat uns den Strom abgestellt. Verdammt noch mal! Gegenüber brennen die Lichter.«

»Da, schau nur! Eine Riesenpfütze unterm Eisschrank.«

Das Haus blieb dunkel, der Fernseher tot, und das Badezimmer lieferte nur kaltes Wasser.

»Da hat jemand die Stromrechnung nicht bezahlt.«

»Die Rechnungen gehen immer an Herrn Deuss.«

»Warum läßt er uns dann den Strom abstellen?!«

»Gerade jetzt, wo Philo angefangen hat zu arbeiten.«

»Gerade jetzt, wo ich meine Heißluft-Wespenvernichtungsmaschine ausprobieren will.«

»Stell auf Kerzenbetrieb um.«

»Oder auf Gas. Wenigstens kochen können wir noch.«

»Wir müssen ihn anrufen.«

»Oder telegrafieren.«

»Wir haben ihm doch geschrieben!«

»Er antwortet ja nie.«

Die Nacht war durchsiebt von Sternen, deren Muster sich tief herabsenkte, und unter dem Nußbaum wies öfter jemand auf Sternschnuppen hin. Schon früh klappten die Tage die Flügel hoch und zeigten die dunkle Unterseite; um am nächsten Morgen wieder Pracht und Glanz zu entfalten wie neu geschlüpfte Pfauenaugen.
Max telefonierte vormittags, das Gesicht zur Wand.
»Herr Deuss ist zur Zeit beschäftigt«, sagte die Stimme der Sekretärin geschäftsmäßig. »Ich kann ihm etwas ausrichten, wenn Sie wollen.«
»Dann vermitteln Sie ihm bitte, daß der Strom abgestellt ist, daß der Einkaufswagen nicht mehr kommt und das Brennholz zu Ende geht. Er soll bitte was unternehmen.«
»Du hättest sagen sollen, er soll zurückrufen«, sagte Philo unzufrieden aus seinem Liegestuhl. »Er hat doch gesagt, wenn Sie was brauchen, rufen Sie mich an.«
Niemand antwortete. Wenn ich bloß hier weg könnte, dachte Dina. Wenn ich diese Visagen nur nicht mehr lange sehen muß, dachte Lukas. Einen hier haue ich noch mal zusammen, dachte Max. Ich fahre weg zu Christian, dachte Beatrice, wußte aber, daß es unmöglich war. Fürchterlich, dachte Philo, ich ganz allein unter lauter idiotae, ich werde noch verblöden. Oder bin ich es schon?
»Vielleicht *will* er, daß wir hier vor Hunger jähzornig werden und uns prügeln.«
»Oder eine Bank überfallen.«
»Ruf ihn doch selbst an und beschwer dich!«
»Wie denn? Er ist ja nie zu erreichen.«
»Vielleicht *will* er, daß wir uns im Dunkeln amüsieren.«

»Ich dachte immer, er sei prüde.«
»Ach wo, Herr Deuss doch nicht.«
»Im Herbst verhungert man ja nicht. Es gibt alles, was man braucht, frei, Weintrauben, Kartoffeln –«
»Nachts.«
»Mais, Nüsse, Äpfel –«
»Wir könnten unsere Pässe verkaufen.«
»Nein! Ich hab meinen teuer genug bezahlt.«
»Hast du das Telegramm an Herrn Deuss geschickt?«
»Letzte Woche schon.«
»Warum erinnert Vézelay nur immer an ein Huhn?«
Mittags saßen sie unter dem Nußbaum am Brunnen, mit dem Brunnendeckel als Tisch, die scheckige Landschaft vor Augen. Am Horizont hockte zwischen den Häusern die Basilika, flachköpfig, breitbehalst, den dunklen Dachflügel an die Seite geklemmt, wie eine Glucke bei den Küken.
»Du denkst an Huhn suprême. Das sind Hungerphantasien. Ach, wie dumm! Jetzt hab ich ein ganzes Lattichblatt aufgegessen und hab's nicht mal gemerkt.«
»Ist diese Sardine für uns alle?«
»Das ist nicht viel an Freßgelegenheit für Lukas.«
»Zu klein für seine Maulbewaffnung.«
»In zehn Jahren, wenn er einen weichhornigen Vegetariergaumen hat –«
»In Avallon gibt es doch sicher eine Stelle für Overeaters Anonymous. Da melden wir uns an.«
»Das ist kulinarisches Flagellantentum.«
»Mußt du quer über den ganzen Tisch husten?«
»Sei froh, wenn du noch was auf den Teller kriegst.«
Am nächsten Tag blieb Philo unsichtbar. Hinter seinem geschlossenen Fenster wurde die Schreibmaschine bear-

beitet, teils mit wütendem Stakkato, teils mit Pausen, in denen das Fenster geöffnet und ein Manuskriptblatt ausgeschüttelt wurde. Etwas fiel herunter, öffnete im freien Fall winzige Flügel und schwirrte davon. Das Fenster schloß sich mit einem Knall, das Tippen ging mit erbitterter Entschlossenheit weiter.

»Es ist nicht zu fassen«, sagte Max im Liegestuhl.

»Was denn?«

Die Vögel sangen nicht mehr, sondern zirpten nur noch eintönig. Hin und wieder fiel eine grüne Walnuß ins Gras. Venustas öffnete ein schläfriges Auge und rollte sich auf dem Rücken noch breiter in die Sonne.

Am nächsten Morgen warf Philo die Katze aus dem Liegestuhl und setzte sich selbst hinein. Eine Weile schwiegen alle. Aus einer entfernten Hecke klang das Gurren der Wildtauben. Das milde wehmütige Herbstlicht rührte Lukas, oder war es der Hunger?

»Was haben wir hier eigentlich die ganze Zeit über gemacht?« Er unterdrückte ein Schluchzen, tief im Liegestuhl.

»Nichts, eigentlich.«

»Pläne, Projekte.«

»Und warum arbeitest du nicht mehr, Philo?«

»Ohne Licht?«

»Das fehlt dir doch erst abends.«

»Das stört mich aber schon morgens.«

Max saß unter der Hecke und übte die holländische Unterschrift für die Travellerschecks. Zum Glück bestand der Vorname nur aus einem unleserlichen Schnörkel. Venustas, die unter ihrem Fell unbemerkt immer dicker geworden war, nutzte die Gelegenheit und warf in seinem Koffer drei graue Junge mit uralten, greisenhaften Gesichtern, als hätten sie die Mühen des Lebens schon hinter sich.

»Nein, sind die häßlich!«

»Warte noch drei Wochen, dann sind sie nett.«

»Ausgerechnet jetzt, wo wir sowieso nichts zu essen haben.«

»Ersäuf sie«, sagte Lukas zu Max.

Max suchte einen größeren Pappkarton und polsterte ihn mit Zeitungspapier. Die Jungen wurden darin untergebracht und wohnten von nun an unter der Treppe.

»Ob Venustas weiß, wie viele es sind?«

Venustas wußte es nicht. Manchmal war sie mit zweien zufrieden, manchmal suchte und rief sie überall, obwohl alle drei im Wohnkarton beisammen lagen.

Alle warteten auf Lukas. Die Stunden verstrichen, die Spannung stieg. Endlich kam er vorgefahren und stieg aus dem Relax. Mit den Armen voller Lebensmittel schwankte er zum Haus; als Erscheinung immer noch rundlich, etwas verschlissen, dabei klein, kompakt und kräftig, eine Art Hausplanet mit aller Zuverlässigkeit eines solchen.

»Da ist er ja endlich, Lukas, in vollem Lebensglanze.«

»Eine Fahne hat er auch. Du hast getrunken!«

»Richtig. Wie soll ich parlieren ohne Pernod? Das tut doch auch sonst keiner.«

»Was bringst du diesmal wieder mit?«

Lukas berichtete. Dina inspizierte die Tüten. »Ein ganzes halbes Huhn! Du bist ein Verschwender.«

»Beatrices Walkman war sofort weg und der Botticelli auch. Aber unseren Gilles wollte keiner haben.«

»Für wieviel?«

»Sechzig Franc mit Rahmen.«

»Den Walkman meine ich.«

Lukas nannte den Betrag. Beatrices Gesicht verzog sich schmerzlich.

»Nimm den Watteau eben noch mal mit.«

»Den großen Spiegel kriegst du besser los.«

»Außerdem hat mich der Platzaufseher angesprochen«, berichtete Lukas. »Er wollte meinen Namen und die Adresse. Er hat bestimmt gedacht, ich verhökere gestohlene Sachen.«

»Merkwürdig. Wie kommt der bloß darauf?«
»Und die Katzen?«
»Keine Chance.«
Die Blätter des Nußbaums wurden fleckig, knisterten im Wind und fielen lautlos ab. Auch im Haus wurde es immer kahler. Zuerst verschwand der Fernseher und ein kleines Radio, das unter der Treppe stand, die ohne Strom nutzlosen Lampen und der Staubsauger, Teppich, Vasen, überflüssige Töpfe und Geschirr folgten. Lukas, als derjenige, der noch am seriösesten aussah, bot sie auf dem Markt in Avallon feil – mit mäßigem Erfolg. Die angeblich so geringen Summen, die er eingenommen hatte, mußte man ihm glauben.
Dina räumte Gläser und Krüge zusammen. Beatrice nahm die Vorhänge ab. Lukas packte Liegestühle und Gartengeräte und leere Propangasflaschen zum Abtransport und Max montierte den Heißwasserboiler ab. Die Tourne Broche wurde aus der Wand gebrochen und mit Spieß und Bleigewichten im Relax verstaut. Beim Kamin klaffte jetzt ein häßliches Loch. Philo schlug einen Nagel ein und hängte den Watteau darüber. Er trat zurück und prüfte das Ergebnis. An dieser Stelle war das Bild endlich am richtigen Platz, total deplaziert; so deplaciert wie Gilles im Bild, der viel zu weit im Vordergrund stand. Philo war zufrieden. Um selbst auch etwas für die Gemeinschaft zu tun, gab er Lukas seine Schreibmaschine mit auf den Weg. Er schärfte Lukas ein, sie auf keinen Fall unter fünfhundert Franc abzugeben, da sie antiquarisch sei. Wie er gehofft hatte, bekam er sie abends zurück. Seinen guten Willen hatte er damit gezeigt. Mutiger geworden, riskierte er in der nächsten Woche seine ›Analyse der Empfindungen‹, Nachdruck von

1922, und verbrachte einen unruhigen Tag. Immerhin, wer kauft schon deutsche Bücher?

»Die Stühle brauchen wir auch nicht mehr. Wir können auf Kisten sitzen.«

»Wenn Herr Deuss kommt, fällt er in Ohnmacht.«

»Ach was, er kommt nicht.«

Es gab nur noch ein Messer für alle, mit dem sich jeder Senf oder Marmelade aufs Brot strich.

»Wieso? Er will doch, daß wir sein Haus bewohnen.«

In dem weiten, hallenden, hellen, vorhang- und teppichlosen Haus gähnten leere Regale, nackte Birnen hingen von den Decken, Kugeln aus Staub und Katzenhaar wehten frei über den Boden. Dina überlegte, ob der Besen schon verkauft war.

»Wir müssen anfangen, fremde Gärten auszuplündern.«

»Ihr meckert hier über Kleinigkeiten, und in Afrika verhungern die Leute.«

»Taubnesseln zum Aussaugen, Heuschrecken zum Knabbern.«

»Wir können noch das Dach abreißen und die Ziegel verkaufen.«

Philo ärgerte sich über das laute Schlürfen der anderen. Den Tee trank man jetzt aus Gurkengläsern.

»Dina hat noch ihre Brosche.«

»Und Beatrice noch Ohrclips.«

»Und Philo sein Astrolabium.«

»Der Vertex steht auch noch da.«

Alle vier maßen sich giftig, die Blicke von Hunger und Abneigung geschärft. Auf dem Tisch lag ein letzter halber Keks. Max streckte die Hand danach aus. Dina kam ihm zuvor. »Halt, das ist meins.«

Beatrice ohrfeigte sie, noch bevor sie es ganz im Mund hatte. Philo stürzte sich auf Dina, um sie zurückzuhalten. Max setzte einen Faustschlag in Philos Magengrube, die sich hohl und völlig widerstandslos anfühlte. Philo fiel um. Venustas flüchtete. Dina kreischte auf und griff an, packte Max an den Haaren und schlug ihm auf die Nase. Beatrice ergriff das Pariser Telefonbuch A–F und knallte es Max auf den Kopf. Max ging zu Boden. Beatrice sprang ihm Absätze voraus in die Rippen, Dina trat von der anderen Seite nach. Philo hatte sich aufgerappelt und den Fuß zum Tritt gehoben. Max kickte ihm das Schienbein weg, Philo schlug mit dem Hinterkopf an die Wand und fiel zum zweiten Mal um. Diesmal blieb er liegen.

Lukas wunderte sich, daß niemand ihm entgegen kam. Die Haustür stand weit offen.

Er trat ins Zimmer und sah Blutspritzer an der Wand bis hinauf zur Decke. Der Tisch war umgestürzt, die Kaminzange lag mitten im Zimmer. Am Knauf klebten Haare. Lukas fand einen ausgeschlagenen Zahn und die Reste der grünen Brosche. Venustas duckte sich über ihre Jungen und schielte verängstigt über den Kistenrand.

Lukas erschrak bis ins Herz. »Räuber! Mörder! Überfall!« schrie er und ließ die Tüten fallen. Bierdosen kollerten über den Boden, Milch lief aus. »Dina!« schrie er, »Max! Philo! Wo seid ihr? Be-a-trice!«

»Jetzt ist endgültig Schluß. Er hat Dina vergewaltigt und Philo zusammengeschlagen.«
»Er ist gefährlich.«
»Er ist bewaffnet.«
»Verkaufen wir doch seinen Revolver.«
»Unmöglich. Dann nimmt man *uns* fest.«
»Er muß hier weg.«
»Wie kriegen wir ihn nur hier raus?«

Max drückte das Taschentuch auf die noch blutende Nase. Mit der freien Hand wühlte er im Koffer. Getragene und gewaschene Unterwäsche durcheinander, verschwitzte und frische Hemden und Pullover, Zeitungen, Schuhe, alte Socken, Gummistiefel; die Parabellum war noch da. Aber wo waren die Travellerschecks? Er kehrte das unterste nach oben und warf den ganzen Inhalt auf den Boden, stülpte den Koffer um und klopfte ihn aus – sie waren weg.
Max' Haarwurzeln begannen zu prickeln. Er hockte sich auf die Fersen und ließ Haß, Wut und Entrüstung in sich hochsteigen. Niederträchtige Bande! Hinterhältiges Diebsgesindel. Da machte sich jemand ein feines Leben hinter dem Rücken der anderen, oder behielt eine Reserve zur Flucht. Wer konnte es sein? Lukas? Seine kleinen Augen wurden immer schweinsartiger. Nein, Schweinsaugen waren herzlicher. Philo? Er brauchte

dringend Geld für neue Zähne, seine alten quietschten, als äße er rohe Bohnen. Dina? Dieses alte Knüllgesicht. Beatrice –? Sie mußten hier weg, raus aus seinem Haus, und zwar alle, je schneller, desto besser.

Max packte die Pistole und rannte nach unten bis auf die letzte Treppenstufe.

»Wer hat meine Travellerschecks geklaut?« rief er drohend.

Alle starrten ihn und seine Pistole an. Wie überfüllt das Zimmer war! In jeder Ecke saß jemand. Aber gleich wäre nichts mehr wie jetzt. Schon jetzt war nichts mehr wie vorher. Max hob die Waffe und wischte sich mit dem Handrücken das Blut von der Nase. »Also, wer hat sie?«

»Du hast noch Schecks?« Lukas' Erstaunen schien echt und vorwurfsvoll.

Philo ließ den Steinzeitkeil, den er polierte, fallen, streckte die Arme über den Tisch und lehnte sich zurück; mit einer Geste der Hilflosigkeit, als habe er es mit einem Betrunkenen zu tun. Eine Beule mitten auf dem Kopf sträubte sein Haar als kleiner teuflischer Hornansatz. Dina blickte, so gut sie es mit einem veilchenblauen Auge konnte, zu ihm hoch. Beatrice verzog das zerschrammte Gesicht und riß sprachlos die Augen auf.

Max wurde wütend. »Ich will wissen, wer sie hat«, schrie er, richtete die Parabellum nach oben und feuerte zwei Schüsse in die Decke. Der Knall sprengte ihm fast das Trommelfell. Der erste Schuß riß ihm die Hand zurück, wohin ging der zweite? Dina, die beim Kamin saß, schrie gellend los, faßte sich an den Kopf und fiel auf die Knie. Blut quoll ihr durch die Finger.

Nach einem Augenblick der Verwirrung sprang Lukas

herbei, hob Dina auf und packte sie rückwärts an den Achseln. Er stemmte ihr die Knie ins Kreuz, als hielte er einen schweren Sack vom Kippen ab.

»Stell dich nicht so an!« schrie er außer sich.

Doch Dina war bereits totenblaß und weit entfernt. Sie sagte gar nichts mehr, ihr Mund klappte auf, ihr Gesicht sank vornüber, und das Blut rann immer schneller auf ihr Kleid und den Boden.

Max legte den Kopf auf die Sofalehne. Die Deckenbalken waren handbehauen, mit großzügigen, langen Axthieben; benagt von Wespen, von Wurmlöchern durchsiebt, an manchen Stellen nur noch Pulver. Vor Max stand sein Frühstück: eine Dose belgisches Bier und eine Tüte Kartoffelchips. Die Steine des Fußbodens glänzten matt. Im Haus tickte die Stille. Neben Max ragte der leere schwarze Kamin empor. Auf dem Dach reckte er sich wie ein Hörrohr in die Gegend. Was draußen vor sich ging – Autos, die näher kamen, Leute, die redeten –, hörte man durch den Kamin zuerst. Er war so groß, daß man bequem drin stehen und den Himmel betrachten konnte. Welcher Tag mochte heute sein? Bestimmt nicht Montag, denn im Garten hinter der Wiese waren die Brüder an der Arbeit.

Max nieste und überlegte, zu welcher Arbeit er heute Lust hatte. Er könnte die unaufgeräumten Zimmer endlich in Ordnung bringen und die Kleider von Dina und Beatrice in den Schrank werfen und abschließen. Aus dem Loch in der Wand, das die Tourne Broche hinterlassen hatte, wehte kalte Zugluft. Wenn er den Rahmen des Watteau mit Werg und Klebstreifen zur Wand hin abdichtete, half es sicher gegen die Kälte. Von nahem besehen sah auch Gilles erkältet aus, genau wie Max es seit Tagen war; die gemalte Nase glühte, die Augenlider waren rötlich aufgedunsen. Seine lächerliche Jacke war zu groß und die Hose zu kurz; er trug Sachen, die ihm nicht gehörten. Max zog sich Philos Winterpullover tiefer über die Hüften und wischte sich die Nase am Ärmel ab. Die berühmte Rätselhaftigkeit des Bildes erklärte sich ganz banal mit einer Erkältung des Modells, die seinen Blick umflorte, und durch die fremden Kleider, die nicht paßten und Falten warfen. Der Mann hatte Grippe, und der Rest der Gesellschaft hielt Abstand, um sich nicht anzustecken. Die fiebrige Schläfrigkeit war gut dargestellt. Auch Max' Kopf brummte, in seinen Ohren rauschte es, oder war es die Stille?

Endlich, *endlich* war das Haus wieder leer und Max allein und am Ziel seiner Wünsche; trotzdem hatte er äußerst schlechte Laune. Immer noch, und seit er Fieber hatte, noch mehr als früher, hielt die Gruppe das Haus besetzt. Verschiedenes, was gesagt und getan worden war, stand ihm lebhaft vor Augen und hallte in seinem Innern wider.

»Das Ungewöhnliche interessiert mich nicht. Mich interessiert nur das Gewöhnliche.«

»Und was interessiert dich besonders?«

»Das besonders Gewöhnliche, was sonst?«

»Aha«, sagt Max laut.

»Wenn dich das schon amüsiert, bist du wirklich nicht verwöhnt.«

Venustas spazierte mit erhobenem Schweif gesellig maunzend herbei. Max schubste sie weg. Er machte Feuer, nahm Dinas Seidentuch vom Regal, wickelte es sich um den Hals und holte das Buch, das er Philo zuletzt hatte lesen sehen. Auf dem Umschlag prangte das Schwein, das er damals, vor vielen Monaten, in Montbard als Kupferstich betrachtet hatte. Philo las Buffons Histoire naturelle. Interessant. Woher hatte er das Geld dafür? Er schlug das Buch aufs Geratewohl auf und wunderte sich, daß Buffon auf englisch gelesen wurde. »Weary of translating, I closed my eyes. I pictured a white shaft: tense, pure, with dim blue broad veins and darker thinner purple ones and a pink-mauve head like the head of a mushroom set by the Creator upon a swollen stem nearly as thick as itself, just the merest little lip on rounded eaves, the corona glandis, overhanging the bluish stretched semiepiderm where pagan foreskin once was, and a drop of transparent nectar in the little wide-awake slit of an eye at its velvety suffused tip. Esther's studious rapt face descends, huge as in a motion picture –«

Max streifte den Umschlag ab. Was er las, war John Updike. Sieh mal an! Philo, dieser alte Bock. Plötzlich sah Max Beatrice vor sich, wie sie abends neben dem Feuer mit heißen Lippen im Kochbuch las. Mit glitzernden Augen blätterte sie vor und zurück, stieß Dina an, zeigte auf etwas, Dina las und kicherte. Lukas wurde aufmerksam, und beide hielten ihm den Rücken des angeblichen Kochbuchs entgegen. Lukas winkte ab: »Ich bin doch kein Masochist«, und widmete sich im Hintergrund des Zimmers seiner angeblichen Fönapparatur, obwohl es jetzt im Herbst doch kaum noch Wespen gab.

Max stieß die Katze aus dem Weg und suchte in der Küche nach dem Buch mit dem farbigen Einband. Er fand es ganz hinten im Schrank und schlug es auf. Was hatte er erwartet? Henry Miller? Casanova? Es waren tatsächlich Kochrezepte im Kochbuch; allerdings auch spanische, die seltsame Körperteile verwendeten.

Max schob das Buch zurück. Als er sich umdrehte, hörte

er ein Auto heranfahren und halten. Max sah die Umrisse des Wagens undeutlich durch den Zaun. Zwei Polizisten stiegen aus – zögernd, wie ihm schien, und vorsichtig. Sie sahen zu ihm herüber. Max' Herz begann zu rasen. Noch hätte er durch die Hintertür entkommen können, blieb aber, benommen vom Fieber und der Überraschung, am Fenster stehen.

Die beiden machten das Tor auf und kamen nebeneinander zum Haus. Sie klopften laut an die Tür.

Der eine Polizist hatte ein rundes Gesicht, runde braune Augen, auf etwas weibliche Art hübsch geschwungene Augenbrauen und volle Lippen. Der andere war älter und hager. Sie begrüßten Max höflich und traten ins Zimmer. Vor Aufregung brachte Max kein Wort heraus, sondern krächzte nur und rettete sich in einen Hustenanfall.

»Vous êtes malade, Monsieur?«

Max nickte, hustete und nieste in ihre Richtung, so feucht er konnte. Die beiden hielten Abstand.

Der jüngere sah sich im Zimmer um, wobei seine runden Augen immer runder wurden. Daß hier vieles fehlte, war allzu offensichtlich. Max folgte seinem Blick über die leeren Regale auf die nackten Fenster ohne Vorhänge, die weißen Vierecke auf der Wand, die früher Bilder getragen hatten, die hellen Streifen auf dem Steinboden ohne Teppich.

An einer Stelle über dem Kamin fehlte seit seinen Schüssen der Putz, und plötzlich entdeckte Max jetzt einen Blutspritzer auf dem Kaminsims. Der Schreck ernüchterte ihn und machte ihn hellwach.

Er nötigte die Polizisten zum Sitzen. Ob sie Kaffee haben wollten? Oder Bier?

Sie wollten nicht. Endlich saßen alle drei. Im Sitzen war der Blutfleck auf dem Sims nicht zu sehen. Max brach kalter Schweiß aus, so heiß war es im Zimmer.
»Vous habitez tout seul ici?« fragte der jüngere, nahm die Kappe ab und wischte sich die Stirn. Max bestätigte dies.
Wie lange er sich schon in Frankreich aufhalte?
Seit dem Frühjahr, sagte Max.
Wie lange er noch bleiben wolle?
Max zuckte die Achseln, hob die Brauen, wedelte mit der Hand in Richtung der Tür – je nach Wetter; nicht mehr lange, jedenfalls, wer weiß?
Ob sie seinen Paß sehen könnten?
Aber gewiß doch, sagte Max und ging zur Treppe, um ihn zu holen. Es war ihm unangenehm, die beiden allein im Zimmer zu lassen. Sie waren höflich, aber sehr auf der Hut. Hoffentlich hatten sie keine Hausdurchsuchung vor. Er schob die Parabellum unters Bett zu den holländischen Gulden, wohin sonst damit in der Eile? Und wie sollte er die immer noch umherliegenden Sachen der Gruppe erklären? Das Rasierzeug im Badezimmer? Er konnte sagen, es sei sein eigenes. Aber Parfum und Lippenstift? Die Handtaschen? Und wenn die Blutflecke in seinem Koffer entdeckt wurden –? Wie beweisen, daß es Venustas gewesen war, die dort gejungt hatte? Die jungen Katzen waren längst ausquartiert und verwildert.
Max kam wieder nach unten und überreichte den Paß. Die Polizisten prüften ihn ausgiebig, flüsterten und notierten etwas. Nach einer Weile gaben sie Max den Paß zurück. Max atmete auf.
Ob er die ganze Zeit allein hier gewohnt habe?

Nein, durchaus nicht, sagte Max. Eine Weile seien auch zwei Frauen da gewesen.
Zwei Frauen?
Und zwei Männer, sagte Max.
Die Polizisten wechselten einen Blick.
Künstler, sagte Max, Deutsche.
Und wo die jetzt seien?
Weg, sagte Max.
Wohin?
Max' Augenbrauen gerieten ins Flattern, er wiegte den Kopf, hob die Achseln, breitete die Hände aus. Fast wunderte er sich selbst, wie gut er schon französisch sprach.
Die Polizisten starrten ihn an.
Vielleicht nach Paris?, überlegte Max, und bei dem magischen Wort *Paris* lächelten unwillkürlich alle drei. Jeder, der kann, fährt nach Paris, das ist doch ganz natürlich, klar.
Ob sie gesagt hätten, wann sie zurückkämen?
Sie kämen nicht zurück, sagte Max, sie wollten weiter nach Deutschland.
Der ältere wies auf Philos Schreibmaschine. Ob er, Max, schreibe? Schriftsteller sei?
Max blies die Backen auf und strich das Kinn. Nein, eigentlich nicht; gelegentlich, vielleicht; nein, das könne man nicht sagen.
Was er beruflich mache?
Er sei Student des Maschinenbaus, erklärte Max. Ein abgebrochener, fügte er hinzu. Wenigstens hoffte er, daß er dies gesagt hatte.
Die Blicke der Polizisten hefteten sich jetzt auf den Watteau, dessen Rahmen mit Klebestreifen an der Wand

befestigt war. Der ältere klopfte gegen das Bild. Was dahinter sei?
Ein Loch, sagte Max.
Glaubten ihm die Polizisten? Ihre Blicke wanderten durchs Zimmer. Irgend etwas hielt sie noch fest. Wenn sie in die Scheune gingen und seine Sammlung von Nummernschildern neben dem Vertex entdeckten –! Er mußte sie loswerden, irgendwie. Mit Dinas blauem Seidentuch wischte er sich die Nässe von der Stirn, stand schwankend auf, stützte sich an den Kamin und warf mehr Holz ins Feuer. Beim Umdrehen kam er den beiden zu nahe und hustete ihnen ins Gesicht. Sie prallten zurück. Max fiel auf seinen Sitz. Ob die chinesische Grippe im Lande sei?
Sie hätten nichts von einer Epidemie gehört, sagten sie. Beide zeigten sich zunächst unbeeindruckt. Das Feuer flammte auf, es wurde erstickend heiß im Zimmer. Es dauerte nicht lange, bis der ältere dem jüngeren zunickte, auf die Uhr sah und beide Anstalten machten aufzubrechen.
Bevor sie abfuhren, gingen die Polizisten noch ums Haus und über die Wiese zum Garten der Brüder. Das fehlte noch, daß sie die frisch zugeschüttete Grube entdeckten. Doch genau das taten sie, stellten sich mitten auf die lehmige Erde und begannen eine Unterhaltung mit den Brüdern auf der anderen Seite der Brombeerhecke. Max sah, wie die gebeugten Köpfe und Rücken sich über den Spaten aufrichteten. Die Brüder redeten, gestikulierten und schwenkten einen Spaten in Richtung seines Fensters. Die Grube hatte etwa doppelte Wannentiefe und, wie die Brüder jetzt bestimmt ausführlich berichteten, mindestens doppelte Grabesbreite. Sie war vor Mona-

ten von Lukas, Max und Philo als Schwimmbassin gegraben worden und, wie alle Vorhaben dieses Sommers, nicht besonders weit gediehen.
Endlich diskutierten die Brüder die Sache unter sich aus, die Polizisten verabschiedeten sich und gingen zum Auto zurück; ohne Max, der in der Tür stand, noch einmal zuzunicken, ohne ihn auch nur anzusehen. Max wunderte sich. Es konnte alles mögliche bedeuten. Vielleicht wies es auf ein baldiges Wiedersehen hin. Oder gerade im Gegenteil darauf, daß sie die Sache für erledigt hielten. Oder es war die warnende Vorwegnahme einer späteren, viel unhöflicheren Behandlung und damit doch wieder höflich – wer kennt sich bei Franzosen aus?

Max saß auf der Türschwelle, aß rohen Knoblauch mit Brot und kühlte sich die Zunge mit Ziegenkäse. Der Wind warf eine Nuß ins Gras, die trockenen Blätter applaudierten. Max holte die Nuß und knackte sie mit einem Stein. Er überblickte das Tal. Der Wald am Horizont stand klar gestempelt auf dem blauen Grund, und darüber segelte der Mond, eine Seite zerfranst und aufgelöst, die runde Seite fest umrissen.
Max klaubte die zerquetschten Reste aus der Nuß und warf die Schalen auf den Kies. Die jungen Katzen jagten danach, die gelben Augen voll Gier oder zornklar, wenn sie Max zu nahe kamen. Sie ließen fauchend Luft ab, sträubten ihr Daunenfell und flohen. Es waren ganz gewöhnliche graue Hauskatzen, nur etwas wolliger als üblich und viel wilder, weil sich niemand um sie kümmerte.
Neben Max saß Venustas und fixierte schielend seinen Teller. Zwischendurch lauschten beide dem Ferngespräch, das zwei Hunde, mit längeren Pausen, über das Tal hinweg miteinander führten.
So still es auch war, war es, seit Max allein war, doch nie still genug. Das Ackern des Schleppers im übernächsten Feld ging ihm auf die Nerven, die Baumaschinen im Dorf gegenüber, das Hacken und Reden hinter der Wiese. Zum Abtransport zusammengepferchte Viehherden brüllten tagelang. Im Haus störte ihn die Fliege am Fenster, die Schnake nachts, das Nagen und Schaben der

Siebenschläfer. Mit schweren hallenden Schritten trat nach Mitternacht der Kauz auf dem Dach herum. Zementstücke rieselten vom First, und morgens lag ein graues Gewölle auf dem Fensterbrett.

Ab und zu gluckste das Telefon, ohne auf eine Verbindung zu beharren, während Max erstarrte. Einmal schrillte es los. Als Max abhob, wurde stillschweigend aufgelegt. Hin und wieder fiel ein Steinchen aus der Decke und landete, wenn es etwas Metallisches traf, mit dem silbernen Viertelstundenschlag einer altmodischen Taschenuhr; ein Laut, der lange in der Stille hängenblieb.

Die langen Abende bei Kerzenschein waren schwer zu ertragen. Kleine Käfer eilten mit kurzen geschäftsmäßig gestreckten Antennen durchs Zimmer. Die Kerze flakkerte, das Feuer sank zusammen, ein Balken knackte, und die Arbeit des Holzwurms begann an einer anderen Stelle von vorn.

Die schwarzen vorhanglosen Fenster wirkten bedrohlich. Neben Max lag griffbereit die Parabellum, und daneben lag Venustas. Max war froh über Venustas' Gesellschaft. Wenn jemand ums Haus schliche, würde sie es doch hören? Solange die Katze nicht vom Sofa floh und sich versteckte, war draußen im Dunkeln alles in Ordnung.

Die erste Maus wagte sich hervor. Venustas' selbstvergessener Schlaf, kopfunter im Fellnest, ärgerte Max. Nach dem Dosenfutter müßte eine Maus doch ein willkommener Durchputzer für sie sein, ein Petit Four, eine Praline im Pelz. Die Jagd hätte Max das Fernsehen ersetzt. Vorsichtig, um die Beute nicht zu erschrecken, kniff er die Katze in den Schweif.

Venustas wachte auf, rührte sich aber nicht. Max kniff fester. Venustas hob den Kopf, wider besseres Wissen noch in der Hoffnung, daß es sich um ein Versehen gehandelt haben könnte. Max kniff wieder, die Maus flüchtete. Venustas entriß ihm den Schweif mit heftigen Schlägen, rollte auf den Rücken und faßte seine Hand mit vier Pfoten und allen Krallen. Sie öffnete das Maul, um zu beißen, biß aber nicht. Auf dem Rücken liegend starrte sie mit flammender Empörung Max an, diesen Rüpel. An seinen Grobheiten, die neuerdings jeden Abend stattfanden, konnte sie gar nichts Komisches finden. Max zwickte sie ein letztes Mal. Jetzt hatte sie genug. Bevor sie ging, warf ihm die Katze noch einen schwül glimmenden Blick aus verhangenen Augen zu, dann verschwand sie irgendwo unten.

Max öffnete den Updike im Buffonschen Kostüm und las. Bald vergaß er die Katze vollständig. Einmal stand er auf und bemerkte, daß der Vorfall sie noch beschäftigte, der Schweif noch zuckte, die Augen noch funkelten. Darauf entglitt sie seinem Sinn wieder so vollkommen wie dem Sofa, auf dem sie vorher noch gesessen hatte.

Eine ganze Weile geschah nichts. Nach längerer, abgemessener Zeit sprang die Katze plötzlich von rückwärts auf die Sofalehne, stieg herab und setzte eine Pfote probeweise, als handele es sich um wenig tragfähigen Grund, auf Max, dann die zweite. Sie schnurrte übertrieben, geradezu unglaubwürdig laut, kam auf seinen Schoß, trampelte im Kreis, stieß sein Buch weg, legte sich hin, stand wieder auf, beflissen schnurrend, als müsse sie auch das letzte Anzeichen einer Ungezogenheit ihrerseits tilgen. Endlich blieb sie liegen und warf Max von unten herauf schwefelig glühende, bedeutungsschwere Blicke zu, die bedrohlich hätten wirken können, wenn sie nicht so komisch gewesen wären. Venustas schlief ein. Die Maus huschte in die Küche, die leisen Geräusche der Stille kehrten zurück. Die Nacht schob sich näher ans Haus heran und zog sich um seine Mauern enger zusammen, ein Schleppnetz durch die Finsternis, das alles mögliche enthalten konnte.

Mitten in der Nacht quietschten blokkierte Reifen im Diskant – in einem Ton, der gellend ansteigen müßte, bis das Auto steht. Doch das Jaulen brach vorher ab, mit dem Krachen und Bersten eines Wagens, der als Wurfgeschoß oder Schlaggerät benützt wird; ein Hammer mit Leuten drin. Das Haus erzitterte unter dem Aufprall, Fenster splitterten. Max fuhr im Bett hoch und horchte mit rasendem Herzklopfen. Er tastete nach Streichhölzern und konnte sie nicht finden. In der Ferne rauschte der Fluß. Die Nacht war dunkel und sehr still.

Still blickte der Verletzte ihn an. Er drehte den Kopf zu Max, der am Seitenfenster stehend sinnlose Worte stammelte – »gleich kommt Hilfe, gleich, gleich kommt jemand«; er schien die Worte zu verstehen und sah ihm reglos, schweigend, furchtlos ins Gesicht, ohne Frage, ohne Vorwurf. Sicher stand er unter Schock. »Haben Sie Schmerzen?« fragte Max. Der Verunglückte antwortete nicht. Max überwand sich, die Autotür zu öffnen. Schnell machte er sie wieder zu. Der Motorblock lag in ganzer Länge und Schwere auf den Beinen des Verletzten, vermutlich kochend heiß. Max konnte sich nicht erinnern, etwas Verbranntes gerochen zu haben, oder er hatte es vergessen. Eine Erinnerung oder Frage peinigte ihn besonders – hatte er

die Autotür nach seinem Blick hinein auch *sachte* genug ins Schloß gedrückt? Doch nicht etwa zuge*worfen*?
Die Frau auf der anderen Seite interessierte ihn weniger. Halb lag sie, halb saß sie im Straßengraben, unförmig in den Mantel eingeknöpft, und jammerte. Kleine graue Zähne fielen ihr einer nach dem anderen aus dem Mund und rollten über den Kragen nach unten wie Tränen. Sie bekam den Mund nicht mehr zu, sie hörte gar nicht auf zu jammern. Max ließ sie klagen und ging zurück auf die Fahrerseite.
Wieder drehte der Mann das Gesicht zu Max und richtete seinen stillen gelassenen Blick auf ihn; ein etwa fünfzigjähriger, massiger Mann, ein Handwerker vielleicht, der aussah wie ein Choleriker und sonst bestimmt nicht um kräftige Ausdrücke verlegen war, der den Dingen dieses Lebens jetzt so weit entrückt schien, daß er gar nichts mehr zu sagen brauchte.
Endlich kam ein Auto, das Max anhalten konnte. »Rufen Sie einen Krankenwagen! Schnell! Hier sind zwei Schwerverletzte. Zwei! Da vorn im Dorf können Sie telefonieren.« Der Fahrer nickte nur, fragte nichts, hatte mit einem Blick das Wrack und die Verunglückten übersehen und sich bestimmt auch Max' Gesicht und seinen roten Roadstar Mini gemerkt; er wendete und brauste davon. Max kehrte zum Wagenfenster zurück und blieb dort, bis er die Sirenen des Krankenwagens kommen hörte.
Was war aus den beiden wohl geworden? Hatten sie überlebt? Blieb der Mann ein Krüppel, wurde er amputiert? Saß die Frau im Rollstuhl? In den Tagen nach dem Unfall hatte Max in den Zeitungen nach einer Notiz gesucht, aber nicht gefunden.

Max gab ja zu (aber nur vor sich selbst), daß er sie etwas geschnitten hatte, als er sie vor der Kuppe noch überholte; aber ein geübter Fahrer (wie Max!) wäre deshalb nicht im Straßengraben gelandet und hätte sich nicht überschlagen. Vielleicht war der Mann abgelenkt, war erschrocken und hatte überreagiert? Hatten sie gestritten, oder war zufällig gerade ein Reifen geplatzt? Ein Hinterrad war platt. Um dies herauszufinden, hätte Max die Untersuchung abwarten müssen. Doch als endlich Hilfe kam, konnte er das stumme Gesicht des Verletzten keine Minute länger ertragen. Noch unerträglicher wäre es ihm gewesen, die Bergungsarbeiten, das Schweißen, Stemmen, Zerren und Ziehen mit anzusehen, das Knirschen der Schere zu hören. Er rannte zu seinem Auto und fuhr weg.

Daß er seitdem wegen Fahrerflucht gesucht wurde, konnte Max verwinden. Eigentlich fühlte er sich nicht schuldig. Andererseits, wenn er wirklich unschuldig war, warum verfolgten ihn seit damals diese Alpträume?

Am Scheunentor blätterte die zu dick aufgetragene Farbe ab. Max stand auf der Leiter und schmirgelte die Farbsplitter vom wurmstichigen Holz. Durch die Arbeit wurde ihm warm, er zog Philos Pullover aus und warf ihn auf den Kies. Unten stoben die Katzen erschrocken auseinander. Herbstgeräusche, Motorsägen und Holzhacken, wehten über das Tal zu ihm herüber, und in Villemondaine zeterten flügelschlagend die Gänse in vergeblichen Zuginstinkten. Max wischte sich den Schweiß von der Nase. Weißer Farbstaub bedeckte seine Hände und das Hemd und juckte im Haar. Max nahm sich vor, an diesem Abend mal gründlich das Gesicht zu waschen, obwohl es nichts zu feiern gab.

Ein Auto rollte langsam, leise, im Leerlauf, die Straße herab. Es war schwarz, die Polizei war es nicht; trotzdem erschrak Max. Der Wagen war lang, wie früher der Cincinnati Relax – es war tatsächlich ein Relax. Das Auto hielt am Gartentor. Vier Köpfe wandten sich zu Max, als wüßten die Leute nicht recht, ob sie aussteigen sollten.

Der Motor wurde abgestellt. Vier Türen platzten auf und ließen den Inhalt, mit einem Schwall Musik, herausquellen.

»Warm ist es hier noch!«

»Könnte wärmer sein, finde ich.«

»Hier, nimm mal. Nein, gib her. Nicht das, nur das da.«

»Wo ist meine Brille?«
»In der Tüte mit Verbandszeug vielleicht?«
»Idiot. Da ist Max.«
»Wo? Tatsächlich, er ist immer noch da.«
Max schmirgelte weiter. Aus dem Augenwinkel bemerkte er plötzlich, wie weit die Jubelfarben Gelb, Orange und Purpur sich über das Tal gebreitet hatten. In der milden Mittagssonne blendete das weiße Tor. Max hob eine verspätete Raupe, die zu flüchten versuchte, hinüber in die Weinblätter. Sie konnte sich nicht halten und fiel herab. Ein Luftzug nahm das Sandpapier sanft von der Leiter. Schon fühlte Max, wie sein Gesicht sich freundlich verzog.
Lukas kam über den Kies und sah forschend zu ihm auf.
»Reicht die Farbe?«
»Habt ihr Kerzen mitgebracht?«
»Klar.«
»Katzenfutter?«
»Auch.«
Max stieg die Sprossen herab. Beatrice war noch dünner geworden und hatte eine neue Frisur, das blonde Haar kurz geschnitten; Philo trug jetzt einen grauen Bart, der ihn noch fanatisch-prophetenhafter aussehen ließ. Lukas sah aus wie immer. Die zweite weibliche Person war höchstwahrscheinlich Dina. Sie trug einen verschmutzten, verrutschten Kopfverband, der das Gesicht halb verdeckte. »Gibt's hier immer noch Wespen?!« rief sie entrüstet und schlug um sich. Ja, es war Dina, kein Zweifel.
»Mein Gott, sind die Katzen schon groß.«
»Und scheu. Hast du die ganze Zeit unsere Kleider getragen?«

»Die Kleider eigentlich weniger. Du hast dir die Haare geschnitten.«
»Soll ich sie dir auch schneiden, Max? Aber zuerst mußt du sie waschen.«
»Wo seid ihr gewesen?«
»Was hast du ganz allein hier gemacht?«
»Wollt ihr nur eure Sachen abholen oder bleibt ihr?«
»In der Küche steht ein ganzer Sack Kartoffeln. Toll! Hast du den vom Feld geholt?«
Oben polterte das kalte Wasser in die Wanne. Türen knallten. »Max! Wo ist mein Schlafrock?«
Beatrice stand geistesabwesend am Kamin. Das kurze glatte Haar glänzte in Holz- und Honigtönen.
»Willst du was zu trinken?«
»Hast du denn was?«
»Nein, eigentlich nicht.«
Still, betäubt, im Schock, begriffsstutzig oder nur gelassen, schmerzlos, angstlos sah der Verletzte aus dem Traum ihn mit Beatrices Augen an. Was er von seiner Situation hielt, konnte Max nicht feststellen.
»Meine Komposition ist fertig«, sagte Beatrice.
»Wart ihr in Deutschland?«
»Da läuft ein Verfahren gegen mich wegen Plagiat. Gegen Philo übrigens auch. Nein, dahin können wir nicht zurück, vorläufig.«
Dina trampelte die Treppe herab, in festen Halbschuhen, Wollstrümpfen, Rock und Bluse. Statt des Verbandes trug sie jetzt ein langes Pflaster zwischen Ohr und Scheitel. »Los, Max, mach dich fein! Morgen fahren wir Geldverdienen.«
»Wohin denn?«
»Zu den Spielbanken nach Südfrankreich.«

»Oha.«
»Da ist noch einer. Komm, geh vor.«
»Den roten hab ich schon mal gesehen, vorhin an der Tankstelle. Ein ganz alter Knacker ist das, mit Glatze und Bart.«
»Wenn ich so fahren müßte, hätt' ich Rheumatismus.«
»Aber die Mieze hinten drauf ist jung.«
»Auch schon eine Altkatze.«
»Nein, jung.«
»Der hat auch nur eine junge Mieze wegen seinem Motorrad.«
»Bei Männern mit Glatze und Bart, da stimmt meistens was nicht.«
»Wenn oben nichts mehr ist, müssen sie unten was raushängen.«
»Runter, nicht raus.«
»Unter dem Helm, raus.«
»Hast du eigentlich meinen Schlips eingepackt?«
»Vaucluse – hier hat Petrarca gewohnt.«
»Was ist das für ein Geräusch?«
»Hinterachse.«
»Auspuff.«
»Bremsbacke. Das ist Lavendel.«
»Nein, Korn.«
»Lavendel.«
»Korn!«
»La-ven-del!«

»Gewürzgurken. Bei der Ralley Monte Carlo hättest du auch noch Chancen, Lukas.«
»Nimm doch Rücksicht! Gleich wird es Venustas schlecht.«
»Zieht es?«
»Will jemand Tee?«
»In welche Richtung fahren wir eigentlich?«
»Philo! Hände weg von meinem Knie.«
»Lukas sieht's nicht.«
»Und wenn, wär's auch egal. Seine Hand liegt da schon lange nicht mehr drauf rum.«
»Woher willst *du* das denn wissen?«
»Da fährt Yves Mourousi.«
»*Wo? Wo? Wo?*«
»Ich dachte grade, er wär's.«
»Idiot.«
» München – Cuxhafen – Berlin – Hanau. Nein, Husum. Ganz Deutschland ist heute wieder hier.«
»Komm, Rindvieh, laß mich vor.«
»Wo sind wir eigentlich?«
»Zwischen Schall- und Lichtgeschwindigkeit irgendwo.«
»Das war ein Stoppschild, grade.«
»Nein, war es nicht.«
»Ein Interpretationskonflikt.«
»Nils Bohr und das Verschwinden der Ethik.«
»Genau das meine ich. Paß doch auf! Beinahe wären wir jetzt Mus, alle.«
»Gleich sind wir nur noch Teilchen und Welle.«
»Such mal Musik im Radio.«
»Das ist Margret Thatcher.«
»Mann! Die hat ein Organ, das hat ein Crescendo wie eine Orgel mit Schwellwerk.«

»Organ mit Schwellwerk? Sie ist doch kein Mann.«
»Schluß jetzt, es reicht.«
»GG –?«
»Gaggenau.«
»Nein, Göppingen.«
»Es ist doch die Hinterachse.«
»Nein, es ist die Bremsbacke.«
»Hier ist hundert.«
»Hundertzwanzig ist auch hundert.«
»Paß doch auf, Lukas, du Idiot. Immer und überall bist du zu schnell!«
»Na, na, na, Dina.«
»Ts, ts. So genau wollen wir es gar nicht wissen.«
»Trompete, Cello, Baßgeige, alles hatten die, da drin.«
»Hast du eigentlich ein System, Philo?«
»Ich, System? Wozu? Nein, warum auch.«

Scharen von Spatzen lärmten in den hell beleuchteten Palmen. Die geparkten Autos waren mit einem sternenartigen Muster über und über besprenkelt. Philo blieb noch beim Relax. Die Luft war lau, der Wind knisterte in den Palmblättern. In einiger Entfernung ragte das schneeweiße Portal des Spielcasinos, in dem die anderen schon vor längerer Zeit verschwunden waren. Philo hatte keine Lust hineinzugehen, er wartete und sah verschiedene Gestalten blaß, verzweifelt oder schwankend herauskommen. Manche gingen in den dunklen Park. Früher hängte man sich dort auf.
»Philo! Komm endlich! Hier ist deine Karte. Wo bleibst du bloß?!«
Das Gedränge drinnen, der dichte Zigarettenrauch stießen Philo ab. Die mit rotem Plüsch bespannten Wände, die weiß- und goldlackierten Glücksgöttinnen, Füllhörner, Säulen und Spiegel erinnerten ihn an Jahrmarktsbuden, Karussells und Schiffschaukeln. »Spielt ihr! Ich gehe.«
»Nein, du bleibst. Hier sind Chips. Los, setzen.«
Philo schlenderte zu einem der Spieltische. Die Leute standen in drei Reihen rings herum, Philo reckte den Hals und sah in Ausschnitten, wie der Roulettetisch sich mit Chips bedeckte. Das Bild kam ihm bekannt vor. Die Autodächer! Der Sternenhimmel. Das Muster wurde abgekehrt, es begann ein neues. Der Rechen des Croupiers funktionierte wie der Big Bang im Universum. Philo

bekam Interesse an dem Spiel. Unwillkürlich drängte er vor, stieß eine Dame, ohne es zu merken, auf die Seite und ergänzte eine Formation, die ihm bekannt vorkam – drei in schräger, wie in krummer Linie – mit dem fehlenden Mittelstück. Der Rechen des Croupiers fuhr dazwischen, Philo bekam einige Chips zugeschoben und wartete, wie sich die nächste Sternkarte entwickelte. Er sah das grüne Firmament sich dicht an dicht bedecken, hörte das Niederregnen und -prasseln der Chips, erkannte ein weiteres Sternzeichen, das er oft genug über den Dachfirst hatte steigen sehen, und vervollständigte das fehlende Ende. Wieder bewegte sich der Rechen des Croupiers auf ihn zu. Das nächste Bild konnte er nicht gleich identifizieren. War es die Milchstraße? Oder Sternschnuppen? Über Villemondaine waren die Augustschwärme dichter gewesen. Philo griff in seine Chips und verstreute sie locker aus dem Handgelenk. Ein unterdrückter Aufschrei ging durchs Publikum. Philo hörte ihn kaum. Er wartete gespannt, ob er mit seiner Deutung richtig lag. Ja, die Teile des Bildes kamen in einem Schwall auf ihn zu.

Philo ließ sie liegen und schlenderte weiter. Am besten gefiel ihm an den Modellastronomien das Vor- und Zurückfluten der Chips, das Taktmäßige des Austeilens und Zusammenfallens. An jedem Tisch sah er eine Momentaufnahme im kosmischen Werden und Vergehen. Er wartete bis zum Rien ne va plus und setzte eigene Monde und Planeten in fremde Konstellationen. Mit Vergnügen hörte er das Klicken des apokalyptischen Rechens, und schon begann eine neue Runde. Der schnelle Wechsel war äußerst realistisch. Die Weite des Saales stand für die Tiefe des Weltalls mit seinen ungezählten Sonnensystemen. Ja, diese Perspektiven waren nichts für schwache Nerven. Mochten die anderen darüber verzweifeln und sich aufhängen! Philo setzte einen handtellergroßen Chip, den man ihm zugeschoben hatte, als Quasar in die von der Galaxie am weitesten entfernte Ecke. Schon näherte sich der weiße, elfenbeinerne Rechen wie der Engel des Jüngsten Gerichts und warf das ganze Universum in sich zusammen. Und doch hatte es einmal bestanden, hier auf dem grünen Filz, und war aus der langen Reihe der vergangenen und zukünftigen nicht mehr auszutilgen. Philo schob die Spielmarken, die sich vor ihm türmten, ungeduldig aus seinem Gesichtskreis, der links von einem leichten Flor bedeckt war, seit er das Casino betreten hatte.

»Philo gewinnt an allen Tischen und merkt es nicht.«

»Schnell, hol die anderen! Wir müssen für ihn einsammeln.«

»Halt ihm Chips hin! Schnell! Er will setzen.«

»Ein Spatz hat ihm auf die Brille gemacht, er sieht die Kugel ja gar nicht. Soll ich –«

»Kugel? Welche Kugel?« fragte Philo.

»Laß! Laß! Laß ihn in Ruhe, er ist in Trance.«

Philo merkte nicht, daß er längst im Mittelpunkt der allgemeinen Aufmerksamkeit stand. Er wartete, bis das Publikum gesetzt hatte und merkte kaum, daß es immer länger dauerte, weil alle dort setzen wollten, wohin er gesetzt hatte. Dies störte ihn, er wurde ärgerlich. »Ich experimentiere hier! Setzen Sie bitte woanders.«

Die Spielbankprofis, gewohnt, jeden blitzschnell abzuschätzen, konnten sich kaum an ihm satt sehen – die schlotterige gebeugte Gestalt, die beschmutzte Panzerglasbrille, der zerraufte Bart; rastlos unterwegs wie ein

Sektenprediger, dem die Gemeinde abhanden gekommen ist, Wildheit im Blick. Schon fand Philo die Zufallsausschnitte an den einzelnen Tischen zu eng für den kosmischen Rahmen; er müßte den Saal im Ganzen bespielen, besser noch alle Casinos an der Côte zwischen Aix und Monte Carlo gleichzeitig; nein! alle Spielsalons Europas und der ganzen Welt im selben Augenblick. Philo eilte im Saal hin und her, ergänzte hier, vervollständigte dort, verteilte Kometenschwärme, Sternschnuppen, Sonnen, Doppelsterne und einen kleinen Satelliten hie und da. Mit immer noch steigendem Entzücken hörte er den knöchernen Hagelschlag der Rechen, die klickende Sphärenmusik allerorten. Ja, Spielen war das Aktivste, Kreativste, Destruktivste, was er je getan hatte. Wohin er auch kam, machten ihm die Leute eine Lücke frei, Chips wurden ihm zugeschoben. Philo nahm nur, was er brauchte, den Rest ließ er liegen. Gelegentlich merkte er, daß er bestohlen wurde, aber er achtete nicht darauf; er hatte jetzt an Wichtigeres zu denken.

»Die gehören alle zusammen, da die fünf.«

»Wenn sein System so gut wäre, wären sie nicht so abgerissen, alle.«

»Wie *macht* er das bloß?!«

»Mit pythagoräischer Zahlenmystik.«

»Nein, ein rückgekoppeltes dynamisches System, zahlentheoretisch ein Kettenbruch –«

»Nein, nein! Immer, wenn eine Abweichung von der Gleichverteilung – schwarz-rot, gerade-ungerade – auftritt, wächst proportional dazu die Wahrscheinlichkeit für ihre Reduktion, und er braucht bloß –«

»Nein, nein, nein. Die Kugel ist ein selbstregulierendes

System wie die Thermodynamik, und er braucht die Statistik bloß –«

»Er braucht bloß, er braucht bloß! Mach du's doch!«

»Schscht. Er setzt.«

Philo beachtete die Roulettekugel nicht. Er nahm das Rasen, Holpern und Stolpern im Kessel nur als Zeitgeber für den Zustand allgemeinen Gleichgewichts und Stillstands vor dem Sturz. Denn bekanntlich ist der Determinismus überwunden und die Kausalität zumindest zweifelhaft seit damals, als man sich wegen eines Kugelspiels noch in den Kopf schoß. Er sah sich um. Wo waren die anderen? »Ich habe Hunger«, sagte Philo.

»Es ist noch viel zu früh zum Essen. Los, spiel weiter.«

Allmählich begann Philo die Zweidimensionalität seiner Spielmodelle anzustrengen, die Tisch-Horizonte schienen ihm doch recht eng und zu euklidisch, Umlaufgeschwindigkeiten und Eigendynamik mußte er sich dazudenken, und seine Phantasie setzte minutenlang aus. Zum ersten Mal an diesem Abend zog er die ausgestreckte Hand mit dem Chip wieder zurück. Eine Bewegung ging durch die Mitspieler. Alle hatten gesehen, daß er jetzt unsicher wurde, und drängten nach vorn; niemand wollte verpassen, wenn er ein Vermögen verspielte.

Philo zupfte sich am Bart; ein Vergnügen, das er erst seit kurzem kannte. Es heiterte ihn auf, und zur Abwechslung spekulierte er jetzt archaisch. Er dachte an die kosmische Wechselfolge des Anaximander, an die zyklisch auftretende, universale Gerechtigkeit, an die Strategie des Chronos, den Gang des Werdens immer wieder neu zu ordnen. Heraklit dagegen denkt an ein Kind, das Steine auf ein Spielbrett setzt, Aion. Wenn man sich die

Koordinaten des Aionschen Spielfeldes in Raum und Zeit als unendlich ausgedehnt vorstellte, dann würden seine Linien ein Ensemble bilden, das einem Lichtkegel ins Unendliche glich; alle Reihen so, daß die positiven, zukünftigen und die negativen, vergangenen an einem Punkt, Philos Standpunkt nämlich, als äquivalent gedacht werden mußten.
Philo sah eine lange Reihe Punkte in der Form von Telegrafenstangen und Alleebäumen vor sich auftauchen, größer werden und hinter sich verschwinden und sich selbst in der Mitte zwischen beiden. War er bewegt oder stand er still? Er glaubte, daß er still stand, schwindlig wurde ihm trotzdem. Denn dort, wo er jetzt stand, war er außerhalb der Galileischen Relativität, außerhalb der Einsteinschen Raum-Zeit, mitten in der Vorstellung des Parmenides von der Ewigkeit. Tief in Gedanken nahm Philo die Brille ab, putzte die Gläser und setzte sie wieder auf.
Er befand sich in einem verrauchten Saal mit dunkelroten Wänden und einer Menge Leute, die im Kreis um ihn herumstanden und ihn wortlos anstarrten. Der Boden wankte nicht, es war kein Schiff, alle standen ziemlich fest. Seine Taschen waren schwer beladen.
Richtig, er war im Spielcasino, wohin er gar nicht gewollt hatte. Philo wandte sich ab und schlenderte dem Ausgang zu. Lukas vertrat ihm den Weg, und Philo blieb so plötzlich stehen, daß ihm der nächste seines Gefolges auf die Hacken trat. Der interstellare Raum kann nicht so leer sein, wie man immer glaubt, es müssen mehr Masse beziehungsweise Energie und außer der Gravitation noch andere, undefinierte Kräfte am Werk sein, sei es mit Radiowellen, magnetischen Feldern oder sonst-

wie. Also noch ein letztes Experiment! Bekanntlich übt noch der kleinste Stern am hintersten Rand des Universums Wirkung aus aufs Ganze, auch das kleinste Elektron beeinflußt noch die Totalität, seine Wellenfunktion verschwindet nirgends. Philo wühlte in seinen Taschen nach dem kleinsten Chip. Er ging quer durch den Saal zum letzten Tisch und placierte die Marke sorgfältig in der hintersten Ecke des Spielfeldes. Gespannt wartete er auf das Ergebnis.

»Gehen wir in dieses schöne Restaurant da?«
»So wie wir sind?«
»Wie sind wir denn?«
»Mit der Katze?«
»Nichts wie rein. Ich falle um vor Hunger.«
»Garçon! Einen Tisch für fünf Personen.«
»Fühl mal meinen Sack.«
»Fühl mal meinen.«
»Kugelrund.«
»Zeig mal deinen.«
»*Wie redet ihr denn?!*«
»Willst du was ab? Ich hab genug drin.«
»Geld wie Heu.«
»Und das alles in den kleinen blauen Müllsäcken.«
»Das war am billigsten.«
»Um so teurer essen wir jetzt. Ober! Champagner.«
»Garçon! Einen Stuhl für Venustas bitte.«
»Und die Karte. Was nehmen wir?«
»Was nimmst du?«
»Was nehmt ihr?«
»Fünfmal Essen, einmal Fressen. Setz Venustas höher auf ihrem Stuhl! Sie sieht ja nichts.«
»Nimm sie aus dem Korb und setz sie drauf.«
»Geld, Geld, Geld, Geld! Endlich genug Geld, Geld –«
»Halt den Mund, Idiot, und mach den Sack zu. Du kannst hier doch nicht so mit Geld herumschmeißen.«

»Die Leute da drüben! Wie die uns anstarren! Ob das Landsleute sind?«
»Die haben wohl noch nie jemanden gesehen, der beim Jeuen *ehrlich* gewinnt.«
»Sicher Falschspieler.«
»Muß eigentlich die Katze die ganze Butter fressen?«
»Hoffentlich können *die* ihre Rechnung bezahlen.«
»Sollen wir sie einladen? Wenn es Deutsche sind?«
»*Die?* So wie *die* aussehen? *Die* bestimmt nicht.«
»Schschscht.«
»Nimm doch mal jemand Venustas aus der Soße.«
»Hier ist noch Bratenfett für sie.«
»Sie platzt.«
»Ich auch, bald. Wir sind Essen nicht mehr gewöhnt.«
»Also prost, auf Philos System!«
»Philo, hoch!«
»Hoch, hoch!«
»Hoch, hoch, hoch!«
»Es war nicht so schwierig. Für mich, meine ich. Ich brauchte nur den Kreisprozessen zyklischer Ungleichgewichte nach Art eines durchschnittlichen Periodensystems, am Himmel zum Beispiel, gegenzusteuern. Populär ausgedrückt, da was hintun, wo nachher nichts sein wird.«
»Eine völlig hirnverbrannte Taktik, aber sie funktioniert.«
»Sie ist uralt. Dike, das Gesetz des Ausgleichs, war früher eine Gottheit. Was stinkt denn hier so fürchterlich?«
»Es ist bloß Venustas, unterm Tisch.«
»Bestell mal einer Sägespäne, oder Sand.«
»Übrigens, Christian hat wieder geheiratet.«

»Was hast du denn auf deinem Teller?«
»Wachteln.«
»Pfui Teufel, sie sind ja noch blutig. Die sehen ja aus wie Embryos.«
»Was ist denn jetzt los?«
»Wo rennt Beatrice denn hin?«
»Hab ich was gesagt?«
»Hat sie was gesagt?«
»Was hat sie denn gesagt?«
»Vielleicht ist ihr schlecht?«
»Deshalb braucht sie doch nicht ihren Stuhl umzuwerfen und die Katze zu erschrecken.«
»Geh ihr doch mal nach, Max, und schau, was los ist.«
»Nein, wozu? Damit meine Wachtel kalt wird?«
»Schmeckt es?«
»Was soll denn das für ein Nachtisch sein?«
»Mousse au chocolat.«
»Das sieht aber *sehr* braun aus.«
»Jetzt verschmiert es auch noch.«
»Sonst ist das Papier drüber, hier ist es drunter.«
»*Geht das schon wieder los?!* Die Leute schauen schon.«
»Wo?«
»Da, neben uns, das Paar.«
»Paar? Das ist doch kein Paar. Der kriegt ja nicht mal einen Finger in den Pudding.«
»*Schschscht!*«
»Besser, wir gehen jetzt. Nehmt die Säcke und die Katze. Garçon!«
»Wer zahlt? Philo –?«
»Philo.«
»Philo!«

»Theophil zahlt.«
»Garçon! Und eine Serviette für Venustas.«
»Warum hast du bloß einen Stuhl für sie bestellt?«
»Das kann jedem mal passieren. Du sublime au ridicule il n'y a qu'un pas. Nimm einfach das Tischtuch.«
»Wo bleibt denn nur der Sand? Und die Sägespäne? Und das soll ein Fünf-Sterne-Restaurant sein.«
»Garçon!«

Spät in der Nacht rollte der Relax schwer beladen, voll besetzt, mit Lukas am Steuer, langsam im Leerlauf die Straße herab bis zum Gartentor.
»Hat eigentlich jemand bei der Abfahrt die Türe abgeschlossen?«
Mitten im Hof parkte der gelbe Vertex.
»Was ist denn hier los?!«
Das Haus war dunkel, die Haustür offen.
»Wer hat denn einen Schlüssel außer uns?«
»Einbrecher!«
Auf dem Tisch stand ein benützter Teller, ein halbvolles Glas daneben. Auf dem Sofa hatte jemand übernachtet.
»Jemand ist hier!«
»Herr Deuss war da.«
»Ach was.«
»Was hat er nur dazu gesagt, daß sein Haus so verwüstet ist?« jammerte Dina und hielt die Kerze gefährlich nahe an die Vorhänge aus Zeitungspapier.
»Er ist schnell wieder weg.«
»Vielleicht kommt er zurück?«
»Bestimmt nicht, so wie es hier aussieht.«
»O Gott, o Gott«, klagte Dina, »was sollen wir nur machen? Wie sollen wir ihm das nur erklären?«
Max untersuchte den Vertex. Er war gefahren worden, die Reifen trugen Schmutzspuren. Die Pariser Nummernschilder waren ordentlich befestigt, das Verdeck

hochgeschlagen. Rückwärts entdeckte Max kleine Löcher im Stoff; an einzelnen Stellen war er geradezu durchsiebt, als habe man mit der Schrotflinte auf den Vertex geschossen. Ein Scheinwerfer war eingeschlagen, hinter der rechten Tür war eine Delle, und die Frontscheibe hatte einen Sprung. Vor Zorn versetzte Max dem Auto einen zusätzlichen Tritt. Welchen Barbaren war es nur in die Hände gefallen?!
Innen steckte der Autoschlüssel. Max hatte bisher ohne ihn auskommen müssen. Die Uhr war (vermutlich richtig) gestellt und lief. Unter dem Nebensitz fand Max ein schweres goldenes Feuerzeug mit eingraviertem Zifferblatt, das Herrn Deuss aus der Tasche gefallen sein mußte. Er war also tatsächlich da gewesen. Max verstand es nicht. Wie konnte er mit seinem eigenen Vertex so zerstörerisch umgehen?

Das Frühstück am nächsten Morgen war mit Butter, Honig, Eiern und Schinken sehr üppig; doch niemand hatte sich die Mühe gemacht, die fehlenden Tassen und Teller zu ersetzen. Weg hier – das wollten alle. Bloß wohin? Wohin nur? Wortlos und desto vernehmbarer schlürften sie den Kaffee aus verschiedenen Gefäßen.
In eiligem Humpelschritt kam der debile Knecht die Straße herab. Statt wie sonst mit Kurs auf die tiefer gelegenen Felder vorbeizuhinken, blieb er diesmal am Gartentor stehen, griff über die Planken und fingerte nach dem Riegel.
»Geh doch mal einer nachsehen, was er will.«
Max' Freund war heute noch zerlumpter als sonst. Der Wind fuhr durch die Löcher in seine Jacke und blähte sie

und das lose Hemd. Max und er nickten und lächelten sich zu, wie immer. Doch heute hatte der Knecht einen Auftrag und eine Mitteilung für ihn. »Mon – Monsieur Deuss le pro-pro-propriétaire était ici, ici hier«, stieß er hervor. Seine verharzten Augen tränten und schielten von der Anstrengung, sich verständlich zu machen. »Il était ici et il a, et il a –«; er begann zu lallen und konnte nicht weiter.
»Et il a –«, half Max.
»Et il a donné le Vertex, la voiture, à vous comme cadeau, comme cadeau, à vous, à Max il a dit.«
»Pardon?« unterbrach Max, der glaubte, falsch zu verstehen.
»À vous comme présent«, wiederholte der Knecht und zupfte sich eine Hühnerfeder von der Jacke. »Avant il a fait une excursion en voiture à St. Martin et à Villemondaine et à Genetoy et à Genetoy-le-petit –«; er drehte sich und zeigte in die jeweilige Himmelsrichtung, immer redend, weil er jetzt nicht mehr damit aufhören konnte, »et on a jeté des pierres à lui à la voiture et on a tiré sur lui et on l'a insulté et menacé partout.«
»Mais pourquoi?« fragte Max, der es sich denken konnte. Seit dem Frühjahr vermied er es, durch die Dörfer zu fahren. Er hatte zu oft billig getankt. Er dachte an Christians mörderische Fahrt.
»Les gens n'aiment pas cette voiture-là«, stotterte Max' Freund und machte sich rückwärtsgehend auf den Heimweg, wobei sich das Grimassieren und Zwinkern noch mehrere Schritte lang fortsetzte. Er drehte sich um und hinkte noch leise lallend, seiner Botschaft entledigt und beschwingt die Straße zurück nach St. Martin.
Ungläubig ging Max ins Haus. Der Vertex für ihn – nicht

zu fassen. Die paar Dellen und Lackschäden waren schnell repariert. Mit allem anderen hätte Max eher gerechnet als mit einem derartig großen Geschenk – besonders, wenn er daran dachte, wie sie als Gäste hier gehaust hatten.
»Das ist galaktisch.«
»Ein komischer Bote war das.«
»Ich weiß nicht, ob man ihm glauben soll.«
»Ein Geschenk für Max! Er hätte eher Prügel verdient, finde ich.«
»Jetzt kannst du den Vertex hier in aller Ruhe reparieren und umschreiben lassen.«
»Hier?« fragte Max und sah sich im kahlen kalten Zimmer um. »Nein, hier bleibe ich nicht.«
»Wenn du über die Grenze willst, mußt du ihn umschreiben lassen.«
Das schwere, goldene, wunderschöne Feuerzeug ging von Hand zu Hand.
»Du mußt es zurückschicken.«
»Nein, es gehört zum Vertex.«
»Meinst du? Das find ich galaktisch«, wiederholte Philo und mischte frischen Pulverkaffee in seinem Suppenteller.

Abends knallten die Korken aus mehreren Champagnerflaschen. Das Beste, das Avallons Läden bieten konnten, stand in Papierhüllen und Pappbechern auf dem Tisch: Salate aus Artischockenböden und Jakobsmuscheln, gebeizter Lachs und eingelegte Kiebitzeier, Kaninchenpastete, getrüffelte Gänsebrust, Perlhuhn in Aspik und Austern.

»Bitte sehr! Greift zu.«
»Ohne Gabel?«
»Hast du noch nie einen Franzosen essen sehen? Nimm Brot.«
Hochaufgeschichtet brannte das Holz an diesem letzten Abend, und Beatrice hatte ihren großen Auftritt.
»Wir sind schon so gespannt, Beatrice. Schön, daß einer hier etwas zustande gebracht hat.«
»Hoch, Beatrice! Und prost. Jetzt laß hören.«
»Also gut. Setzt euch bequem. Fertig? Hört zu.« Beatrice stellte sich vor den Kamin, hob die Kerze und hielt ein Blatt Papier ins Licht. Ihr Gesicht glühte wegen innerer Rührung oder äußerer Hitze.
»Seid ihr soweit? Also paßt auf.

Viel oder wenig

Mehr als 'n Lächeln
ist nicht drin
mit uns beiden
Wenn dir das genügt
um so besser

Mehr als 'n Lächeln, 'n Lachen
kann's nicht mehr geben
Zu viel, oder war's wenig?
ist schon gewesen
zwischen uns.«

»Aha.«
»Schön.«
»Ja. Und?«
»Ist das alles? Ich meine alles, was du die ganze Zeit hier komponiert hast?«

»Gibt's keine Melodie?«
»Es ist ein Sprechgesang.«
»Kein Chor?«
»Ich dachte immer, du arbeitest an einer Oper.«
»Es ist ein Kanon für taube Sänger, ein Modell des Imaginären. Gefällt es euch nicht?«
Max gähnte. Er stülpte die Schale eines Kiebitzeies über eine müde Winterfliege und sah zu, wie das Ganze sich voranbewegte. »Es gibt keine Harmonie auf der Welt außer in einem gut eingestellten Motor.«
»Freut mich, daß mein Sprechkanon euch gefällt. Ich hatte gehofft, daß er tiefgründig ist.«
»So tiefgründig wie mein Artischockenboden.«
»Und noch ein Gedicht«, sagte Philo, »aus dem Stegreif.

Wo ist hier, wo ist da,
wo ist hier, hier ist da,
da ist hier, da ist dort,
alles zusammen an einem Ort.
– Weil es nämlich rund ist.«

»Gibt's noch mehr Käse?«
»Das war galaktisch. Du illuminierst uns.«
»Nicht zu fassen! Wie liebenswürdig wir heute sind, an unserem letzten Abend.«
»Wie inspiriert.«
»Dann bleiben wir eben noch!«
»Willst du? Wir beide?«
»Sie bleiben –!«
»Ach was.«

Max polierte seinen Vertex im Hof. Die anderen verstauten ihre Koffer im Relax.
»Wo ich die Narbe von Max' Streifschuß habe, wachsen weiße Haare nach.«
»Interessant. Wer nimmt eigentlich die Katze mit?«
»Ich. Fahrt vorsichtig, es wird glatt«, sagte Max.
»Gib mal die Tasche da. Wo ist mein blauer Sack? Die Tüte da nach vorn.«
Alle vier saßen jetzt im Auto.
»......«, argumentierte Philo und wies auf die Straßenkarte.
»...«, widersprach Dina.
»......«, gab Lukas zu bedenken, der am Steuer saß.
Wortlos kurbelte Beatrice ein Fenster herunter und lächelte Max zu. Sie trug zwei große flauschige Ohrenschützer. Das Thermometer zeigte knapp Null Grad.
Lukas startete den Motor, alle winkten zum Abschied, der Relax begann zu rollen, fuhr durchs Gartentor und entfernte sich die Straße hinauf. Das Motorgeräusch wurde leiser und leiser und verstummte. Ein Hauch von Abgas hing noch in der Luft.
Lähmende Stille senkte sich auf Max. Noch nie hatte er sich so vereinsamt gefühlt. Wenn er jetzt untätig bliebe, würden die Stunden zum Block gefrieren und ihn erdrükken. Er sah auf die Uhr im Vertex: halb elf. Max machte sich ebenfalls ans Packen.
Zum ersten Mal begann er sich in dem leeren Haus zu

fürchten, wie man sich in einem längst aufgegebenen und verlassenen Gebäude fürchtet. Die Zimmer waren kalt und zugig, Fenster standen offen, Papier lag umher, leere Schränke gähnten ihn an. Über dem nassen Fleck im ersten Stock konnte er durchs Dach, wo mehrere Ziegel fehlten, den Himmel sehen. Lautes Knacken in den Wasserrohren schreckte ihn, als seien schon fremde Eindringlinge da. Und tatsächlich hockte in der Küche ein Siebenschläfer auf der Vorhangstange und wich nicht zurück, als wüßte er, wer hier bald ungestört wohnen würde.

»Ksch-ksch!« machte Max.

Das Tier blieb sitzen und richtete seine blicklosen toten Nachtaugen auf Max. Die Ohren zuckten, die Schnurrhaare zitterten, der seidige Schweif sträubte sich vor Entsetzen. Blaßrosa Fingerglieder, zarteste, gespenstisch feine Äbtissinnenhände, klammerten sich vorn und hinten an die Stange.

»Ksch-ksch!« wiederholte Max empört und fuchtelte mit den Armen.

Der Siebenschläfer sprang von der Stange auf den Küchenschrank und verschwand durch einen Spalt in der Decke.

Das Frühstück stand noch auf dem Tisch. Max ließ es stehen. Er beschloß, alles mitzunehmen, was er eventuell brauchen könnte: Werkzeug, Bettwäsche, Brot und Tee, Kochtöpfe, das Pariser Telefonbuch A–F. Auch den Watteau riß er von der Wand ab, strich die schwarzen Käfer von der Rückseite und verstaute das Bild im Auto.

Max suchte und rief nach Venustas. Die Katze hatte längst den Reisekorb auf dem Tisch entdeckt und sich

versteckt. Max zog sie unter dem Sofa hervor, klopfte ihr Staub und Spinnweben aus dem Pelz und sperrte sie trotz ihres Widerstrebens in den Korb.
Hatte er jetzt alles? Max ging ein allerletztes Mal durchs Haus. Einzelne Fenster klemmten und ließen sich nicht schließen; eines brach bei dem Versuch, die Scheibe splitterte, der morsche Rahmen fiel ins Zimmer. Max beeilte sich, aus dem kalten öden Gebäude herauszukommen, als sei sein Verfall ansteckend. Er konnte den Hausschlüssel nicht finden und ließ die Haustür offenstehen.
Aus der Scheune holte er noch das Reserverad. Der weiße Anstrich blätterte vom Tor, das brüchige Holz bog sich und krachte beim Einhaken. Mit dem Luftzug segelte ein geflügelter Samen mit herein, ein Kundschafter für die Bewohnbarkeit des Hauses. Er war nicht der erste; schon wuchs ein langer blasser Halm aus einem Riß im Zement.

Ein Landstreicher stand im Wald bei Avallon vor den beiden verlassenen Campingwagen, aus deren Ofenrohren manchmal Rauch aufstieg und manchmal nicht. Mit dem Rucksack auf dem Rücken betrachtete der Mann die verklebten Fenster und offenen Türen, als überlege er, ob er dort einziehen solle. Max hupte ihn übermütig an und wies mit dem Daumen nach rückwärts in die Richtung, aus der er kam. Vézelay tauchte auf und blieb zurück. Ein Bauer ackerte und ließ die Brocken aus dem Miststreuer so fröhlich in die Luft steigen, als flögen Lerchen aus einem Korb. Auf dem Nebensitz maunzte Venustas. Max nahm die nächsten Kurven scharf, um sie zu beruhigen.

Dreist fuhr er mitten durch die Stadt. Er saß im eigenen Auto, im eigenen Vertex, der Wagen gehörte ihm! Es war kaum zu glauben. Herr Deuss war anscheinend jemand, der grundlos großmächtige Geschenke machte. Max nahm sich vor, unterwegs die Sekretärin anzurufen und seinen Dank zu bestellen.

Hinter der Stadt fuhr er weiter nach Norden und überquerte die Flüsse Serein und Armançon. Auf den Hängen der Felder lag Reif. Als Max den Canal de Bourgogne erreichte, stand die Sonne schon tief hinter der vierfachen Pappelreihe. Bald ging sie unter, und kalter Fahrtwind zog durch das Loch im Boden und das schadhafte Verdeck.

Eine halbe Stunde nach Sonnenuntergang erschien der

Mond im immer noch goldenen Himmel. Als Max sich Montbard näherte, lag helle Glut über der Stadt. Max glaubte zuerst, es brenne gewaltig dort oben; der Widerschein reichte hoch in die Wolken. Es war jedoch keine Feuersbrunst, sondern die rotglühende Glatze des Vollmonds, die sich über den Berg schob. Innerhalb von zwei, drei Minuten erschien der Mond orange und leicht queroval im Ganzen und wurde im Höhersegeln rasch heller, kälter, knöcherner, runder und viel kleiner.

Max rollte auf den großen Parkplatz beim Kanalhafen und hielt an. Ein paar Jugendliche spielten Fußball in der Dämmerung. Statt des onkelhaften schlafmützigen Mondes sieht man hierzulande la lune, eine weibliche Person nach der feurigen Apotheose des Erscheinens, ihre blendende Dekolletéweiße rasch alternd, schon mit aschigen Flecken, eingefallen, angeschattet, eine blasse alte Exhibitionistin mit dem Himmel als Mantel oder Schleppe je nach Laune. Max schauderte in der kalten Abendluft. Er mummte sich in Schal, Mütze, Mantel ein und breitete sogar eine Decke über die Katze. Wenn man sich schon nicht einigen kann, welchen Geschlechtes le soleil, la lune und le monde eigentlich sein sollen, dann ist auch die Verständigung über weniger grundlegende Tatsachen sehr erschwert. Max fühlte sein Bedauern, daß er die Sprache nicht richtig hatte lernen können, auf tröstliche Weise schwinden. Er ließ seinen Vertex mit dem Schlüssel an und fuhr weiter, Richtung Osten, den dunklen Wolken entgegen.

Als Max die Autobahn erreichte, setzte Schneeregen ein, die Straße wurde glatt. Max hielt an und säuberte die Frontscheibe. Neumodische Accessoires wie funktionierende Scheibenwischer oder gar Waschanlage besaß der

Vertex nicht. Der eine Scheinwerfer leuchtete nur matt, die Rücklichter waren winzig. Klüger wäre es, hier in der Nähe zu übernachten, dachte Max; aber um neun Uhr fand er es noch zu früh. Er setzte sich wieder ans Steuer. Der Verkehr wurde dichter.

Nach zehn Minuten begann der Vertex unangenehm sachte zu gleiten. Max bekam ein hohles Gefühl im Magen, als vorn in der Dunkelheit zwei Bremslichter trübe aufblinzelten. Ein Lastwagen schlingerte plötzlich, grundlos, auf gerader Strecke. Schon konnte er sich auf der rechten Seite nicht mehr halten, schon waren ihm beide Fahrspuren zu eng. Der schwere Anhänger schwang das Führerhaus um die eigene Achse und schlug es mit Keulenwucht in die Leitplanken.

Der Lastwagen stand nun quer, unverrückbar und mit einer Endgültigkeit, als sei er für immer hier gestrandet. Dieser Anblick drückte bei den Nachfolgenden mit Zentnergewicht auf die Bremsen, dachte Max – wie sonst war es zu erklären, daß die Dreißig- und Fünfzigtonner, immer noch in sicherem Abstand, dumpf polternd wie Schneelawinen die Leitplanken zermalmten oder mit einem Sprung auf der Gegenfahrbahn landeten? Als Kabriolettfahrer inmitten dieser Gigantenschlacht war Max sich seiner Zerbrechlichkeit bewußt. Blechhüllen platzten wie Eierschalen. Doch er hatte keine Angst und tat alle Handgriffe, um den Vertex auf dem Eis sicher zum Stehen zu bringen, automatisch, mit einer gewissermaßen hellsichtigen Leere im Innern. Er hörte das Krachen, mit dem Metall auf Metall traf oder die Böschung die metallische Umarmung zurückwies. Er sah das aufgerissene Blech, die zersplitterten Scheiben, die schief in den Angeln hängenden Kabinentüren, aus denen die Fahrer, teils aus beträchtlicher Höhe, das Weite suchten.

Seinem Auto war nichts passiert. Max stieg aus und gesellte sich zu den Männern, die sich im Schutz haushoher Blechwälle als Zuschauer des Zerstörungsfestes versammelten. In dem Maße, in dem sich die hell knallenden Gewehrsalven beim Aufprall der Personenwagen nach rückwärts entfernten, begannen sie das rekordfreudige Rumpeln heimlich zu genießen. Wie eine Kegelrunde verstummten sie respektvoll, wenn wieder ein Großer sich mit anhaltend dröhnender Wucht einen Weg durch die Hindernisse bahnte und ein deutlich spürbares Erdbeben erzeugte. Jeder Neuankömmling bei der Gruppe wurde willig akzeptiert, schien er doch den eigenen Schaden irgendwie zu mindern.

Auch auf der Gegenseite bildete sich ein Stau. Max ging zurück zu seinem Vertex. Im Auto maunzte die Katze. »Du kannst hier nicht raus«, sagte Max zu ihr und überzeugte sich, daß ihr Korb noch gut schloß. Am Ende der Unfallstelle schoß jetzt eine gelbe Lohe in den Himmel. Der vorderste Lastwagen, der Max den Weg versperrte, wurde angelassen, stieß zurück und rollte los. Max wollte es ihm nachtun. Von der Gegenseite schleuderte ein Auto mit kreischenden Reifen in voller Wucht über die Leitplanke und auf ihn zu. Max sprang zur Seite, konnte aber nicht mehr ausweichen. In den ersten Sekunden, nachdem er getroffen worden war, wußte Max nicht, was geschah. Dann wurde es ihm klar: er starb nur. Es machte nichts, es war alles in Ordnung. Es war sogar ein Fest, das allergrößte Glück.